Champagner auf Ex

Katina Doru

Verlag:
Zeilenfluss
Implerstraße 24
81371 München
Deutschland

ISBN 978-3-96714-041-5

Text: Katina Doru
Bildmaterialien: © Shutterstock.com und Depositphotos.com
Cover: Casandra Krammer - www.casandrakrammer.de
Korrektorat: Dr. Andreas Fischer
Lektorat: Martha Wilhelm – www.textwinkel.de
Satz: André Piotrowski

Dieses Werk wurde vermittelt durch die Literaturagentur Kai Gathemann GBR.

Champagner auf Ex

Katina Doru

ZEILENFLUSS

Prolog

Manche sagen, die Liebe sei eine Seifenblase aus purem Glück, schillernd, bezaubernd, aber auch hauchzart und zerbrechlich. Wenn sie nicht mit Vorsicht behandelt wird, kann sie leicht zerplatzen.

Doch was passiert dann mit all dem Glück? Ist es für immer verloren?

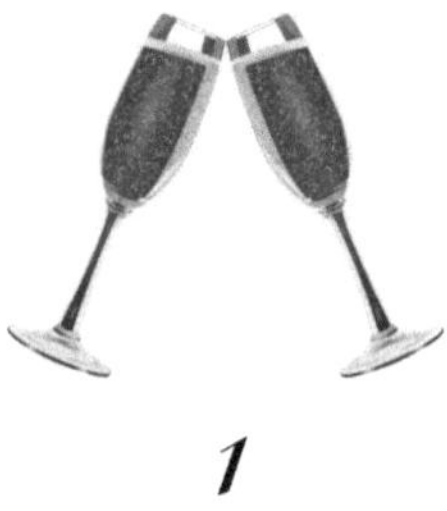

1

Das gibt's doch nicht! Eben war der Tag noch sonnig, und auf einmal fallen dicke Regentropfen, wunderte sich Kaya und trat aus dem kleinen Café am Viktualienmarkt. Der Himmel war in einen eigenartigen gelbgrünen Ton getaucht, einzelne Blätter taumelten von den Bäumen herab und flogen durch die schwülheiße Gewitterluft.

Der gemütliche Markt im Herzen der Stadt war einer ihrer Lieblingsplätze in München, duftete es hier doch immer verführerisch nach aromatischen Tees, exotischen Gewürzen und bunten Blumenständen. Bei diesem Regen und den dadurch rutschigen Pflastersteinen war von Gemütlichkeit hier draußen allerdings nichts zu spüren.

Der Regen wurde jetzt immer stärker. Kaya rannte, so schnell sie konnte, zum nächstbesten Unterschlupf. In der einen Hand trug sie ihren Latte Macchiato, mit der anderen hielt sie die *Vogue* über ihren Kopf, um nicht schon nach ein paar Sekunden wie ein nasser Pudel auszusehen. Dann kam es, wie es an so einem Tag kommen musste: Sie stolperte, verschüttete dabei ihren Latte Macchiato über ihre hellblaue Seidenbluse und wäre beinahe auf den Boden gefallen, hätten sie nicht zwei starke Arme in allerletzter Sekunde davor bewahrt.

»Hoppla, das war jetzt aber knapp!«

Verblüfft schaute sie hoch und hinein in zwei sympathische blaue Augen.

»Geht es dir gut?«, fragte der Mann besorgt und sah sie dabei einen Moment länger an als üblich. Dann half er ihr, sich wieder aufzurichten.

»Ja, danke, alles okay«, antwortete Kaya peinlich berührt. Dabei drehte sie ihr Gesicht leicht zur Seite, um seinem Blick auszuweichen.

»Darf ich mich vorstellen? Ich bin Paul.« Der Mann lächelte sie jetzt auf eine irritierende Art und Weise an. Fast kam es ihr so vor, als flirtete er mit ihr.

»Hallo Paul, ich bin Kaya.«

Und während Paul sie unter die Markise des kleinen Blumenladens auf der anderen Seite der Straße begleitete, versuchte Kaya sich mit ihrer linken Hand unauffällig die nassen Strähnen aus dem Gesicht zu streichen.

»Kaya – schöner Name! Er ist wie für dich gemacht.«

Okay, dieser Paul flirtete definitiv mit ihr.

Leicht verlegen zupfte sie an ihrer nassen Bluse herum. »Du meinst, er passt perfekt zum nassen Pudel, der gerade vor dir steht?«

Darüber mussten beide lachen, und noch im selben Moment merkte sie, dass sie diesen Mann mochte.

Paul zögerte kurz. »Und witzig bist du auch.«

Dann räusperte er sich.

Mit ihrem langen, dunklen Haar und den ausdrucksstarken braunen Augen war es Kaya gewohnt, von Männern umworben zu werden. Zu ihrer eigenen Überraschung aber lächelte sie dieses Mal verunsichert und spürte, wie ihr Herz schneller schlug.

»Vielen Dank für das Kompliment«, meinte sie schließlich, weil sie nicht wusste, was sie sonst sagen sollte.

»Gern geschehen.« Dann berührte Paul wie zufällig ihren Arm, und für eine Sekunde war da diese leichte, prickelnde

Spannung zwischen ihnen. »Darf ich dich vielleicht auf einen Kaffee einladen? Von deinem ist ja nicht viel übrig geblieben.«

Ihr erster Gedanke war: *Warum eigentlich nicht?* Aber sie fühlte sich durch seine direkte Art auch irgendwie überrumpelt.

»Das ist ein nettes Angebot, doch ich muss leider gleich weiter«, antwortete sie und blickte auf ihre Armbanduhr. Ihr war bewusst, dass ihre Reaktion unhöflich war, und trotzdem konnte sie nicht anders.

Paul fuhr sich mit den Händen durchs Haar, wirkte wie vor den Kopf gestoßen. Ganz offensichtlich hatte er mit so einer Antwort nicht gerechnet. Aber er gab noch nicht auf. »Ach komm, sag doch Ja.«

Sie biss sich auf die Lippe, während das Schweigen zwischen ihnen immer länger wurde. Und weil sie ihm nicht in die Augen sehen konnte, ließ sie ihren Blick über den Marktplatz schweifen. Beinahe so, als suchte sie nach einem Fluchtweg.

»Okay, verstehe«, unterbrach er schließlich enttäuscht die Stille, noch ehe sie es geschafft hatte, etwas zu erwidern. Dann vergrub er die Hände in den Hosentaschen, nickte ihr zu und lief ohne ein weiteres Wort an ihr vorbei hinaus in den Regen.

Kaya schaute ihm hinterher. Beim Anblick seiner hochgezogenen Schultern fühlte sie sich ein wenig schuldig. Vermutlich war es besser so, sagte sie sich. Und dennoch kam sie in diesem Augenblick nicht umhin, sich zu fragen: *Bin das eben ich gewesen? So unsicher in der Gegenwart eines Mannes, den ich noch nicht mal kenne? Ich, die doch nach der Geschichte mit Erik mit dem Thema Männer ohnehin abgeschlossen hat.*

Erik. Für eine Millisekunde sah sie seine grauen Augen vor sich. Bei der Erinnerung daran spürte sie ein flaues

Gefühl im Magen. Und noch im selben Atemzug einen tiefen Stich im Herzen. Beide Gefühle kannte sie nur zu gut, waren sie doch inzwischen ein Teil von ihr geworden. Zwei leidige Begleiter. Gedankenverloren presste Kaya ihre Lippen aufeinander. Sie hatte geglaubt, Erik zu kennen. Und sie war sich sicher gewesen, dass auch er sie kannte. Oh Mann, wie naiv sie doch gewesen war.

Mit einem Kopfschütteln versuchte sie, den Gedanken an Erik wieder zu vertreiben. Versuchte, sich einzureden, dass ihre Reaktion Paul gegenüber nichts mit Erik zu tun hatte. Nicht einmal annähernd.

Ihr Blick folgte immer noch Paul. Es ging ihr nicht aus dem Kopf, wie er sie gerade angelächelt und berührt und welche widersprüchlichen Emotionen er in ihr ausgelöst hatte. Plötzlich ließen sie ein greller Blitz und ein gleich darauf folgender krachender Donner zusammenzucken, rissen sie regelrecht aus ihren Gedanken. Und all ihre Bedenken, die sie soeben noch gefühlt hatte, waren mit einem Mal wie weggeblasen.

Verdammt! Da begegnet dir einmal ein interessanter Mann, und was machst du?

Und noch bevor sie überhaupt wusste, was sie tat, hörte sie sich rufen: »Paul, warte mal kurz!«

Paul blieb stehen und drehte sich mit einem erstaunten Gesichtsausdruck zu ihr um.

»Wenn ich einen Hugo mit frischer Minze bekomme, können wir uns gern die Tage treffen.«

»Abgemacht!« Er kam zurück und lächelte. Und dieses Lächeln breitete sich über sein gesamtes Gesicht aus. »Du gibst mir deine Nummer, und ich lade dich auf einen Hugo mit frischer Minze ein.«

Kaya lächelte zurück. »Hier ist meine Karte. Ruf mich gern an.«

Noch in derselben Sekunde summte sein Handy. Er warf

einen Blick darauf, steckte es wieder weg und meinte entschuldigend: »Sorry, jetzt muss ich leider weiter. Aber ich melde mich bei dir, versprochen.«

Und genauso plötzlich, wie Paul vor ihr gestanden hatte, war er auch wieder verschwunden.

Kaya blickte mit einem verträumten Lächeln in den Regen, der jetzt immer stärker auf sie einprasselte. Sie zitterte. Ob vor Kälte oder vor Glück, wusste sie selbst nicht. Schließlich zog sie ihre Schuhe aus und machte sich mit weichen Knien auf den Weg nach Hause.

Sie lief über den nassgeregneten Markt, atmete den Duft frischer Sommerblumen ein und kaufte sich kurzerhand einen großen Strauß bunter Dahlien, auf deren Blättern die Regentropfen wie Glasperlen glitzerten.

Und die ganze Zeit spürte sie immer noch diese Euphorie in sich. Allerdings war mittlerweile auch das flaue Gefühl in ihrem Magen zurückgekehrt. Was überwog? Vermutlich Letzteres. Denn es stand verdammt viel auf dem Spiel.

Ihr Einsatz: ein gebrochenes Herz. Und ein Hugo mit frischer Minze natürlich.

2

Am nächsten Abend traf sich Kaya mit ihrer besten Freundin Lou zu einem Goodbye-Weekend-Drink in einer Bar mitten in der City. Französische Wandspiegel, tiefe Sofas aus zartrosa Samt sowie die warme, indirekte Beleuchtung verliehen dieser kleinen Bar einen einzigartigen Charme irgendwo zwischen schick und lässig.

Kaya hatte Lou während ihres Studiums kennengelernt. Von Anfang an war da eine enge Bindung zwischen den beiden gewesen, an der sich bis heute nichts geändert hatte. Kaya liebte Lou für ihre direkte, unverblümte Art und für die Wärme und Herzlichkeit, die sie ausstrahlte. Lou war für sie ein Stück weit Familie. Eine Familie, die sie als Kind nie gehabt hatte.

Anders als Kaya hatte sich Lou nach dem Studium selbstständig gemacht und führte inzwischen erfolgreich ihre eigene kleine PR-Agentur. Kaya hatte sie schon immer für ihren Mut und ihre Risikobereitschaft bewundert. Sie selbst hatte sich diesen Schritt nicht zugetraut.

»Ich denke, ich nehme einen Prosecco«, sagte Kaya. »Und worauf hättest du Lust?«

»Ja, Prosecco klingt wirklich gut.« Lou nickte begeistert und bestellte für Kaya und sich zwei Gläser, während im Hintergrund *Woman in love* von Barbra Streisand lief.

»Erzähl mal, wie war deine Woche?«, wollte Kaya wissen. »Konntest du gestern noch mal mit Maybe sprechen?«

Lou befand sich seit etwa einem Jahr in einer On-Off-Beziehung mit Matthias, der sich wegen Bindungsphobie nicht auf eine feste Beziehung mit Lou einlassen wollte. Der klassische Einen-Schritt-vor-anderthalb-Schritte-zurück-Typ eben. Aufgrund seines unentschlossenen Verhaltens hatten Kaya und Lou Matthias den Codenamen Maybe gegeben. Zurzeit waren die beiden mehr getrennt als zusammen, und Lou, die diese Ungewissheit langsam leid war, hatte sich gestern mit ihm verabredet, um die Sache ein für alle Mal für sich zu klären.

»Du wirst es nicht glauben, aber er hat mich doch tatsächlich in allerletzter Minute versetzt.« Lou trank einen Schluck Prosecco und fuhr aufgebracht fort: »Wenn du mich fragst, hat er den Braten gerochen.«

»Ja, kann gut sein, dass er Verdacht geschöpft hat. Und wie fühlst du dich jetzt?«, erkundigte sich Kaya besorgt.

»Gute Frage. Ich weiß es ehrlich gesagt nicht.« Lou zögerte. »Langsam, aber sicher bin ich genervt von seiner Dreistigkeit. Ich meine, er allein bestimmt über unsere Nähe und Distanz, und ich kann dann sehen, wo ich bleibe.« Fassungslos schüttelte sie den Kopf, stellte ihr Glas ab und schob es etwas von sich. »Wie war denn deine Woche?«, fragte sie interessiert und signalisierte damit zugleich, dass sie über das Thema Maybe heute Abend nicht weiter sprechen wollte.

Unschlüssig, wie sie die Ereignisse der letzten vierundzwanzig Stunden in Worte fassen sollte, biss sich Kaya auf die Lippe und ließ ihren Blick nachdenklich durch den Raum schweifen. Sie betrachtete die kleinen Tische aus Mahagoni um sie herum, auf denen jeweils eine wunderschöne Vase mit zart duftenden blauen Hortensien stand, und sah dann wieder Lou an.

Als ob Lou spürte, dass Kaya innerlich hin- und hergerissen war, sagte sie: »Irgendwie wirkst du ganz schön angespannt auf mich, meine Liebe.«

»Ja ... also, ich habe eventuell bald ein Date.«

»Wow! Wie geil ist das denn?«, rief Lou begeistert. »Das nenne ich ja mal so richtig coole News. Ich hatte dich ja schon aufgegeben.«

»Ach, ich weiß nicht recht. Paul ist nett, keine Frage ...«

»Aber?«, hakte Lou nach und warf ihr einen durchdringenden Blick zu.

»Na ja, immer wenn ich an ihn denke, kommt automatisch die Geschichte mit Erik in mir hoch.«

Kaya hielt jetzt eine Sekunde inne und wartete gespannt auf Lous Reaktion, wohl wissend, dass Lou nicht gut auf Erik zu sprechen war. Um nicht zu sagen: gar nicht gut. Doch als Lou nichts entgegnete, fuhr Kaya nach einem tiefen Seufzen fort: »Es ist verrückt, aber in solchen Momenten sehe ich Erik wieder vor mir. Ich ...« Kayas Stimme versagte, weil ihr das Atmen plötzlich schwerfiel. Sie fühlte sich wie eine Bergsteigerin auf dem Mount Everest – ohne Sauerstoffflasche. »Ich denke daran, wie glücklich ich mit ihm war. Und wie sehr ich mich auf ein Leben mit ihm gefreut habe. Dabei sind seit unserer Trennung inzwischen ganze fünf Jahre vergangen.« Sie unterbrach sich ein weiteres Mal und schüttelte resigniert mit dem Kopf. »Beim Gedanken an dieses Date fühle ich mich euphorisch, unsicher, traurig ... ach, alles auf einmal irgendwie. Und dieses emotionale Chaos macht mich total fertig.«

Bei ihren letzten Worten schaute sie schnell in ihr Glas, um Lous vorwurfsvollem Blick auszuweichen.

Aber Lou sah Kaya nicht vorwurfsvoll an. Sie schüttelte auch nicht entsetzt mit dem Kopf. Nein, sie nickte verständnisvoll, als wäre das, was Kaya gesagt hatte, absolut nachvollziehbar.

»Ich kann mir vorstellen, dass das alles nicht einfach für dich ist, aber du kannst den Fokus nicht für den Rest deines Lebens ausschließlich auf deine Arbeit legen, nur weil du Angst hast, dich auf etwas Neues einzulassen. Schau dir diesen Paul wenigstens an. Wer weiß, womöglich gibt er dir am Ende sogar das, was Erik dir nicht geben konnte. Oder besser gesagt, nicht geben wollte.«

»Aber da ist etwas an seiner Art, das mich zögern lässt. Und ich weiß nicht: Ist mein Zögern berechtigt oder ist es lediglich ein Produkt meines Schutzmechanismus? Ein Hirngespinst sozusagen?«

»Tja, das kann ich dir leider auch nicht beantworten. Nur, wenn du es gar nicht erst versuchst, wirst du es auch nicht herausfinden«, erwiderte Lou mit Nachdruck. »Erzähl mal, wie ist denn Paul so?«

»Auf den ersten Blick wirkt er sehr charmant, und witzig ist er auch. Er war übrigens mein Retter, hat mich gestern Mittag bei einem Ausrutscher aufgefangen.« Bei der Erinnerung daran musste Kaya unwillkürlich schmunzeln.

»Und was macht er so?«, fragte Lou.

»Um ehrlich zu sein, kann ich dir diese Frage gar nicht beantworten. Wir haben nicht wirklich viel miteinander gesprochen. Aber wir wollen uns ja die Tage treffen, danach weiß ich sicher mehr.«

»Verstehe. Na, da bin ich mal gespannt, wie euer erstes Date so wird!«, rief Lou entzückt.

»Ach, weißt du was? Wahrscheinlich hast du recht, ich sollte mich entspannt zurücklehnen und die Sache mit Paul einfach genießen.«

»Wahrscheinlich? Ich habe ganz sicher recht«, zwinkerte Lou ihr zu und nahm ihr Glas Prosecco in die Hand. »Also, auf ein tolles erstes Date mit Paul! Wie heißt es doch so schön? Jedem Anfang wohnt ein Zauber inne.«

»Ich kann dir nichts garantieren, aber ich verspreche dir, ich werde es versuchen.«

»Das ist doch schon mal was. Und in ein paar Tagen wissen wir sicherlich mehr. Doch zunächst einmal müssen wir diesen verdammten Montag überstehen. Wenn ich daran denke, was mich morgen alles erwartet, wird mir ganz anders.«

»Oh ja, wem sagst du das! Ich würde meinem Chef auch am liebsten schreiben, dass ich morgen später komme. Und wenn er missmutig wissen will, wie spät ›später‹ genau ist, antworte ich ihm einfach: Dienstag.«

Und plötzlich mussten beide lachen.

3

In den darauffolgenden Tagen stürzte sich Kaya in die Arbeit, um nicht ständig an die Begegnung mit Paul denken zu müssen. Oder gar an Erik.

Die renommierte Unternehmensberatung für internationale Mergers & Acquisitions, *Schmidt & Partner Consulting*, für die sie seit mittlerweile fünf Jahren arbeitete, bot ein spannendes Arbeitsumfeld mit langen und stressigen Arbeitstagen, sodass sie tagsüber normalerweise nie Gefahr lief, ins Grübeln zu geraten.

Doch diesmal wollte ihr das Anhalten ihres Gedankenkarussells einfach nicht gelingen. Während sie sich mal wieder dabei ertappte, wie ihre Gedanken zu Paul abschweiften und damit zu der Frage, ob sie überhaupt bereit dazu war, jemanden wieder so nah an sich heranzulassen wie einst Erik, poppte zum Glück Maries Name im Messenger auf.

Hey Kaya,

Lust auf einen Kaffee?
Ich brauche dringend Koffein :-)

Marie arbeitete in der Marketingabteilung und war auch in viele Projekte involviert, für die Kaya die strategischen Konzepte entwickelte. Sie beide hatten etwa zur gleichen Zeit bei *Schmidt & Partner Consulting* angefangen. Inzwischen sah Kaya in Marie mehr eine Freundin als eine Kollegin.

Hi Marie,

ja, sehr gern!
Let's go :-)

Doch gerade als die beiden das Gemeinschaftsbüro verlassen wollten, ließ ihr oberster Chef Olaf Schmidt Kaya zu sich ins Büro rufen.

Ach herrje! Was kann er schon so früh am Morgen von mir wollen, fragte sie sich und spürte dieses ungute Gefühl im Magen, das sie immer überfiel, wenn Schmidt sie sprechen wollte. Mit seinen eisblauen Augen, seinen ein Meter neunzig und den mindestens hundertzwanzig Kilos hatte Schmidt zweifelsohne eine imposante Statur. Und ein aufbrausendes Naturell. Die Strategie der meisten war es daher erstens, dem Big Boss *nie* zu widersprechen, zweitens, ihm *wirklich* nie zu widersprechen, und drittens, ihm, so gut es ging, aus dem Weg zu gehen.

Kaya lief den breiten Flur entlang. Ihre Pumps klapperten laut auf dem schwarzen Marmorfußboden. Rechts von ihr lagen hinter Glasscheiben einzelne Besprechungsräume und links ein offener Bereich mit Lounge-Sofas aus rotem Samt. Außerdem gab es eine Kaffeeecke mit riesigen Obstschalen und einer Espressomaschine.

Sie klopfte an Schmidts Tür und wartete, bis er »Herein!« rief.

Schmidt hatte ein beeindruckendes, lichtdurchflutetes Eckzimmer mit Blick auf die Frauenkirche, einer anthrazitfarbenen Designerlampe an der Decke und einem eleganten, dunklen Sideboard mit eingebauter Minibar.

»Guten Morgen«, sagte Kaya mit einem offenen Lächeln zu Schmidt, der gerade am Fenster stand.

Mit einem knappen Nicken erwiderte dieser ihren Gruß und winkte sie mit einer Handbewegung herein. Dann deutete er auf einen Stuhl und ging hinter den riesigen Schreibtisch aus Glas, um sich zu setzen.

»Sie wollten mich sprechen?«, fragte Kaya, nachdem sie ihm gegenüber Platz genommen hatte.

Schmidt zog die rechte Augenbraue hoch und musterte sie argwöhnisch. »Selbstverständlich wollte ich Sie sprechen. Warum sonst hätte ich Sie wohl rufen lassen? Bestimmt nicht, um Sie nicht zu sprechen. Also, geben Sie mir bitte den aktuellen Stand zu *Berger*. Und da ich noch andere Themen auf dem Tisch habe, fassen Sie sich kurz!«

Na, das fängt ja schon mal gut an, dachte sie und strich sich eine Haarsträhne hinters Ohr. *Berger* beinhaltete die Expansion eines südafrikanischen Sportartikelherstellers in den europäischen Markt und war eines der komplexesten Projekte, das sie bisher zu verantworten gehabt hatte.

»Das strategische Konzept für *Berger* ist so gut wie fertig. Ich denke aber –«

»Danke, genau das wollte ich hören«, fiel Schmidt ihr ins Wort, ohne sich überhaupt anzuhören, was sie ihm eigentlich sagen wollte. »Dann können Sie das Projekt ja gleich an Daniel und Fabian übergeben.«

Wie bitte? Kaya blinzelte, erstaunt und enttäuscht zugleich. An die beiden Blender, die zwar nicht viel zum Erfolg eines Projektes beizutragen wussten, von sich selbst aber großspurig behaupteten, im Job stets hundert Prozent zu geben?! Wobei das mit den hundert Prozent sogar hinkommen könnte, korrigierte sich Kaya im Stillen, denn auf eine Fünftagewoche runtergerechnet, wären das jeden Tag nur zwanzig.

»Herr Schmidt, darf ich noch etwas dazu anmerken?«

»Wenn es nach mir ginge, nein, aber Sie werden es ja doch machen. Also, ich höre«, entgegnete er derart ruppig, dass ihr fast der Atem stockte.

»Ich würde *Berger* gern selbst zu Ende bringen. Ich leite dieses Projekt schließlich und kenne alle strategisch relevanten Fakten dazu.«

»Sie werden aus diesem Projekt aussteigen. Punkt.« Sein Tonfall war jetzt beängstigend ruhig – er duldete keine Widerrede. »Wir konnten einen neuen Kunden gewinnen. Es handelt sich hierbei um ein international ausgerichtetes Unternehmen in der Medienbranche, und Sie werden dieses Projekt leiten. Weitere Details dazu gebe ich Ihnen später. Danke, Sie können jetzt wieder gehen«, befahl er und wandte sich seinem iPad zu.

Plötzlich war es so still im Zimmer, dass Kaya ihren eigenen Atem hören konnte. Sie spürte, dass sie vor Wut und Enttäuschung rot wurde. Um diese Röte zu verbergen, neigte sie ihr Gesicht für einen Moment zur Seite. Dann richtete sie ihren Blick wieder auf ihren Chef. »Oder aber Sie machen mich zur Partnerin«, platzte es aus ihr heraus. »Und ich übernehme in meiner neuen Funktion dann den Lead für beide Kunden.«

Schmidt sah auf und gab ein ungläubiges Schnauben von sich.

»Ich mache Sie zur ... was?!«

»Warum denn nicht? Jemand anders mit meiner Erfahrung und meinem Erfolg wäre doch schon längst Partner geworden.«

Schmidt tat ihre Bemerkung mit einer Handbewegung ab. Dann sagte er in einem gefährlich ruhigen Ton: »Wenn Sie keine weiteren Fragen haben, gehen Sie jetzt bitte wieder und vergessen Sie nicht, die Tür hinter sich zu schließen.«

Und mit demselben unguten Gefühl im Magen, mit dem Kaya sein Büro betreten hatte, verließ sie es auch wieder.

Den Rest des Tages arbeitete sie ununterbrochen an einer Präsentation, die Schmidt in den nächsten Tagen auf einem internationalen Kongress zum Thema Nachhaltigkeit halten musste.

Zu Hause sprang sie nur schnell unter die Dusche und setzte sich danach gleich wieder an den Computer. Ein paar Stunden später warf sie sich todmüde ins Bett und fiel sofort in einen tiefen, traumlosen Schlaf, aus dem sie jedoch gleich wieder durch das Klingeln ihres Smartphones gerissen wurde. Ihr Display zeigte eine unbekannte Nummer.

Verschlafen tastete Kaya nach dem klingelnden Telefon. »Ja, hallo?«

»Hi Kaya, hier ist Paul.«

Schlagartig war sie hellwach. Um sich zu vergewissern, dass sie nicht träumte, kniff sie sich kurz in den Arm. *Nein, ich träume nicht*, begriff sie überglücklich. »Hallo Paul, schön, von dir zu hören. Wie geht's dir?«

»Danke, gut«, erwiderte er. »Ich musste in den letzten Tagen oft an dich denken. Und da wollte ich fragen, ob du auch so oft an mich denken musstest.«

Sie musste unwillkürlich lächeln. »Hm, damit ich dir diese Frage beantworten kann, musst du mir erst verraten, wie oft ›oft‹ genau ist.«

Paul räusperte sich. »In diesem Fall ist ›oft‹ sehr oft.«

Kaya, die von einer Sekunde zur anderen tausendundeinen Schmetterling im Bauch spürte, hatte jetzt Mühe, noch ruhig ein- und auszuatmen. »Dann ging es mir exakt wie dir«, gestand sie und fügte kess hinzu: »Schließlich geht es hier ja um einen Hugo mit frischer Minze.«

Beide mussten darüber lachen.

»Stimmt. Und ich möchte mein Versprechen auch gern einhalten. Wie sieht es bei dir am Freitagabend aus, so gegen zwanzig Uhr dreißig?«

»Ja, das würde gehen.«

»Super. Ich reserviere uns einen Tisch auf den Namen Gerling bei *La Vita* am Marienplatz.«

»Klingt gut, bis Freitag dann«, verabschiedete sie sich mit belegter Stimme und einem euphorischen Lächeln auf den Lippen.

4

Der Rest der Woche verging wie im Flug, und ehe Kaya sich's versah, war es auch schon Freitag.

Die Stimmung im Büro war gut. Sowohl Mitarbeiter als auch Manager machten einen relativ entspannten Eindruck. Nicht jedoch Kaya. Sie war schon mit starken Kopfschmerzen aufgewacht, und diese hatten sich den ganzen Tag über hartnäckig gehalten.

»Na, nüchtern betrachtet war es betrunken besser, was?« Vor ihr stand Ben, ein sympathischer Kollege aus der Finanzierungsabteilung. Offenbar sah Kaya so groggy aus, als hätte sie einen Kater.

»Hi Ben. Wie schön, dich zu sehen«, gab sie mit leichter Ironie in der Stimme zurück.

»Ach komm, jetzt hab dich doch nicht so! Erzähl mir lieber von gestern Abend. By the way: Man sieht dir genau an, dass du unterwegs warst, Leugnen ist also zwecklos.«

»Falsch beobachtet, Holmes. Ja, ich bin heute irgendwie durch den Wind. Aber Drinks sind ganz sicher nicht der Grund dafür«, erklärte sie mit gequältem Tonfall.

Er grinste schief. »Willst du mir etwa sagen, du bist gestern den ganzen Abend bei Cola geblieben? Kaya, eine Cola mit Whiskey ist zwar weiterhin eine Cola, aber da ist eben auch Alkohol drin. Das dürfte dir inzwischen hoffentlich klar geworden sein.«

»Tausend Dank für die Info, was würde ich nur ohne dich machen? Und sollte ich jemals in meinem Leben Cola mit Whiskey trinken, werde ich an deine weisen Worte denken. Gestern Abend jedenfalls hatte ich weder Alkohol noch Cola.« Sie zwinkerte ihm zu und musste kurz lachen.

»Touché«, gab Ben sich geschlagen, »dann erhol dich mal gut, damit du für dein Dinner mit Schmidt heute Abend wieder fit bist.«

»Hm, ich werde zwar heute Abend ein leckeres Dinner mit einem Hugo genießen, aber ganz sicher nicht in Schmidts Gesellschaft«, stellte sie mit einem weiteren Zwinkern klar und kehrte an ihren Platz zurück.

Zunächst ging sie davon aus, dass Bens Bemerkung einfach nur auf einem Missverständnis beruhte, bis sie in ihrem Postfach eine E-Mail von Schmidt sah:

Betreff: Ich muss Sie dringend sprechen!!

Kaya brauchte noch nicht einmal anzuklopfen, die Tür zu Schmidts Büro stand weit offen. Er selbst war gerade dabei, sich einen Espresso zu machen.

»Hallo Herr Schmidt«, begrüßte sie ihn höflich.

»Hallo Kaya, da sind Sie ja endlich. Ich wollte gerade einen Espresso trinken. Wollen Sie auch einen? Sie sehen so aus, als ob Sie einen gebrauchen könnten.«

Kaya nickte nur und dachte: *Na großartig, schon der Zweite, der mich heute auf mein müdes Aussehen anspricht. Scheint so, als ob ich mir für heute Abend unbedingt noch etwas einfallen lassen sollte – nur was? Schließlich kann ich hier im Büro ja schlecht Salatgurken auf meine Augenlider legen. Oder gar Teebeutel mit grünem Tee.*

»Da meine Assistentin diese Woche auf Seminar ist, mache ich uns ausnahmsweise den Kaffee selbst.«

Sie schaute gespannt zu, wie Schmidt seinen und ihren Espresso zubereitete. Ein Anblick, der ihr bisher noch nicht vergönnt gewesen war und bei dem sie sich zusammenreißen musste, um nicht lauthals loszulachen: Ihr ansonsten so souveräner Chef suchte zunächst verzweifelt nach dem richtigen Knopf, um die Maschine von Dampf- auf Kaffeemodus umzustellen. Nachdem er ihn endlich gefunden hatte, füllte er so viel Kaffeepulver in den Siebträger, dass er sich nicht in den Kupplungsring einsetzen ließ. Mit beiden Händen presste Schmidt den Siebträger nach oben in die Maschine, griff den kleinen Hebel und zog mit der geballten Kraft seiner hundertzwanzig Kilo daran. Mit einem wütenden Knacken rastete das Scharnier ein, wobei Schmidt beinahe das Gleichgewicht verlor – ein Bild für die Götter. Um nicht noch länger auffällig auf seine ungeschickten Handgriffe zu starren, ließ Kaya den Blick durch die große Fensterfront nach draußen schweifen: An Tagen wie heute, wenn die Luft klar war und der Himmel blau, war der Blick von hier oben faszinierend, denn der Alpenföhn ließ die Berge so groß und deutlich erscheinen, als wären sie zum Greifen nah.

Mit einem freundlichen Lächeln nahm sie den Espresso ohne Crema entgegen, den Schmidt ihr jetzt herüberreichte.

»Machen Sie bitte die Tür hinter sich zu und nehmen Sie Platz.«

Sie tat, was er von ihr verlangte.

»Und, was sagen Sie zum Espresso? Sie können ruhig ehrlich sein«, meinte er, nachdem sie einen Schluck davon genommen hatte.

Kaya biss sich auf die Lippe und versuchte krampfhaft, den zu bitteren Geschmack zu ignorieren, während sie nach den richtigen Worten suchte. »Also, um ganz ehrlich zu sein –«

Weiter kam sie jedoch nicht, denn kaum hatte Schmidt ihr Zögern bemerkt, fiel er ihr schroff ins Wort.

»Ihren Kommentar können Sie sich sparen, ich habe Sie ohnehin nicht zum Kaffeetrinken herbestellt. Also, haben Sie heute Abend schon etwas vor?«, wollte ihr Chef nun von ihr wissen, worauf sie ihm mit Bedacht antwortete.

»Ja, habe ich.«

»Ich darf annehmen, es geht dabei nicht um Leben und Tod, korrekt? Also keine Operation am offenen Herzen oder Ähnliches?«

Kaya blickte ihn ratlos an. Natürlich ging es bei ihrem Date mit Paul nicht im wörtlichen Sinne um Leben und Tod, aber im nicht wörtlichen Sinne tat es das sehr wohl.

»Nein, das nicht, aber ich –«

»Freut mich zu hören. Würden Sie stattdessen zusammen mit mir und unserem neuen Kunden im M.U.N.I.C.H. zu Abend essen?«, unterbrach Schmidt sie bestimmt. Diese Frage war keine Frage, denn in ihr schwang eine Erwartung mit, die sich nicht ausblenden ließ.

»Aber das kommt jetzt leider etwas –«, setzte sie an, ihm zu widersprechen, wurde aber erneut von ihm unterbrochen. Und zwar in einem Ton, der keine weitere Widerrede zuließ.

»Mag sein, dass das Ganze möglicherweise etwas kurzfristig ist. Daher weiß ich es auch wirklich zu schätzen, dass Sie mich heute Abend dorthin begleiten werden.« Dann hob er die Hand, wie um jeden weiteren Protest abzuwehren.

›Möglicherweise etwas kurzfristig‹, dass ich nicht lache!, dachte Kaya verärgert.

»Jetzt schauen Sie mich nicht so an! Ich muss Ihnen hoffentlich nicht noch einmal erläutern, wie wichtig dieser Auftrag für uns ist.« Er schwieg einen Moment.

Kaya ergriff die Chance. »Herr Schmidt, bei einer Projektleitung dieser Größe und bei der Bedeutung, die Sie dem Projekt beimessen, möchte ich noch einmal –«

Er brachte sie mit einer wild wedelnden Hand zum Schweigen. »Ich weiß, was Sie sagen wollen, Sie sprechen ja quasi von nichts anderem mehr.«

Kaya konnte ihm ansehen, wie er mit sich rang.

»Nun gut«, meinte er schließlich, während er mit seinen Fingern auf seinen Tisch trommelte, »wenn Sie dieses Projekt erfolgreich abschließen, mache ich Sie zur Partnerin. Also strengen Sie sich gefälligst an.«

Sie war völlig perplex. Und überglücklich.

Schmidt ließ ein paar Sekunden verstreichen, bevor er sich mit einem bedeutungsschwangeren Nicken zu ihr vorbeugte. »Sehen Sie diese Chance als Zeichen meiner Anerkennung all Ihrer bisherigen Leistungen. Und natürlich auch als Zeichen meiner Vorliebe für Diversity.«

Ihrer Vorliebe für ... was?!, hätte sie ihn am liebsten belustigt gefragt. Doch sie schluckte den Kommentar herunter. Dies war eindeutig nicht der Zeitpunkt, um mit Schmidt zu streiten.

»Und Kaya?« Er zeigte auf das weiße Shirt, das sie heute anhatte, auf dem in grauer Schrift geschrieben stand:

Hello Friday, I've been waiting for you :-)

»Ziehen Sie sich bitte etwas anderes an«, verlangte er mit einem unmissverständlichen Blick.

»Ja, ich werde mich davor noch umziehen«, beeilte sich Kaya zu sagen. »Mit wem treffen wir uns nachher?«

»Machen Sie sich wegen heute Abend keine Gedanken. Überlassen Sie die Gesprächsführung ruhig mir«, beantwortete Schmidt ihre Frage. Obwohl ... Eigentlich ließ er ihre Frage unbeantwortet.

»Alles klar, bis heute Abend dann«, meinte Kaya schließlich leicht resigniert und ging zurück zu ihrem Platz.

Ob ich als Partnerin auch ein Büro mit Blick auf die Alpen bekommen werde?, fragte sie sich euphorisch. Und während sie sich in Gedanken bereits ihr eigenes Büro ausmalte, nahm sie sich ganz fest vor, sich so richtig in das neue Projekt reinzuhängen.

5

Zurück an ihrem Platz holte sie gleich ihr Handy heraus und tippte:

> Hi Paul,
>
> sorry, aber ich muss dir leider für heute Abend absagen – mir ist was Geschäftliches dazwischengekommen. Aber wie wäre es zum Beispiel mit nächster Woche Donnerstag?
>
> x. Kaya

Keine zwei Minuten später kündigte das Blinken ihres Handys Pauls Antwort an:

> Hi Kaya,
>
> wirklich schade, dass es heute nicht klappt. Wegen Donnerstag: Ich werde ab morgen für ein paar Wochen geschäftlich in Madrid

                                  sein. Aber sobald ich wieder in
                                  München bin, melde ich mich bei
                                                                dir.

                                                           x. Paul

                     Oh, Madrid – das klingt
                     spannend! Dann wünsche ich dir
                     eine gute Zeit dort und nochmals
                     sorry wegen heute Abend!

                        x. Kaya

Dann drückte sie auf *Senden* und machte sich wieder an die
Arbeit.

»Hey, was ist passiert? Du siehst so unentspannt aus,
obwohl es doch bald ins Wochenende geht«, wunderte sich
Marie, als sie an Kayas Platz vorbeiging.

»Ach, ich muss Schmidt heute Abend zum Dinner mit
unserem neuen Kunden begleiten und hätte gern noch ein
paar Infos dazu gehabt. Aber er hält sich diesbezüglich
völlig bedeckt.«

»Na aber sicher doch, du als Frau sollst schön im Hintergrund bleiben – wieder mal typisch Schmidt!« Marie
hielt einen kurzen Moment inne. »Was man so hört, lebt
der Kunde angeblich in New York. Rede mit ihm doch darüber.«

»Hm«, überlegte Kaya, »New York als Eisbrecher ist gar
nicht mal so schlecht.«

»Wetten, dass Schmidt dann denkt, du als Frau kommst
bei dem Thema jeden Moment mit *Frühstück bei Tiffany* ums
Eck?«, scherzte Marie, und sie mussten bei der Vorstellung
beide lachen. »Lustig wäre es, wenn du dann noch beim
Thema New Yorker Basketball mit den Yankees und Mets

anfangen würdest und beim Baseball mit den Knicks und Nets ...«

Plötzlich war hinter ihnen ein lautes Räuspern zu hören. Erschrocken fuhren Kaya und Marie zusammen.

»Was die Sache mit den New Yorker Sportteams anbelangt, meine Damen: Yankees und Mets bedeutet Baseball und Knicks und Nets Basketball.« Schlagartig herrschte Stille. »Und nur, um auf Nummer sicher zu gehen: Sollte ich auf das 0:0 gestern von Bayern gegen Arsenal zu sprechen kommen, will ich auf keinen Fall von Ihnen die Frage hören, wie der Stand zur Halbzeit war, verstanden?«, stellte der Oberboss klar und ging wieder zurück in sein Büro.

Das M.U.N.I.C.H. war bekannt für sein elegantes Ambiente, eine Kombination aus westlichem Luxus und traditionell orientalischen Elementen.

Kaya stieg zunächst eine Marmortreppe hinauf, vorbei am Glanz edelsten Porzellans und polierten Kirschholzes, bis sie schließlich zur Dachterrasse gelangte. Von hier aus hatte man eine atemberaubende Aussicht auf die lichterblitzende nächtliche Skyline Münchens.

Sie liebte diese Stadt, auch wenn die Winter hier oft kalt waren. *Mit München und mir ist es ein bisschen wie mit New York und Frank Sinatra: Wir gehören einfach zusammen,* dachte sie sich und lächelte versonnen. Ihr Blick fiel auf die beiden Türme der Frauenkirche, wanderte von dort aus zum Glockenspiel des Rathauses und anschließend weiter zum Alten Peter, der ältesten Kirche der Stadt.

Und da, ganz hinten in der Ecke, entdeckte sie aus dem Augenwinkel Schmidt, der offensichtlich gerade dabei war, den Wein zu probieren, den ihm der Sommelier einschenkte.

Neugierig versuchte sie, einen Blick auf den Mann zu

werfen, der mit Schmidt am Tisch saß, aber sowohl der Sommelier als auch Schmidt mit seiner mächtigen Statur versperrten ihr die Sicht fast komplett. Das Einzige, was sie erkennen konnte, war ein elegantes dunkelblaues Hemd mit silbernen Manschettenknöpfen, das einen zeitlosen und teuren Stil verkörperte.

»Ich habe dieses Unternehmen vor drei Jahren gegründet«, hörte sie beim Näherkommen eine tiefe Stimme sagen. Kaya kannte diese Stimme, doch sie hielt nicht inne, um nachzudenken, woher.

Stattdessen lief sie unbedacht zum Tisch, begrüßte Schmidt mit einem Nicken und wollte den Kunden gerade höflich anlächeln, als ein Blick in ein eiskaltes graues Augenpaar dieses Lächeln schlagartig ersterben ließ.

6

Fassungslos starrte sie Erik an, während sich ihre Gedanken überschlugen. *Soll das etwa heißen, der neue Kunde ist Erik?!* Das durfte nicht wahr sein. Und doch war es das. Die Millisekunde, in der ihr diese Erkenntnis kam, war wie ein Schlag ins Gesicht.

»Herr Anderson, ich darf Ihnen meine Mitarbeiterin Kaya Martens vorstellen. Kaya, das ist Erik Anderson, Geschäftsführer und Inhaber von *Anderson Communications*«, machte Schmidt die beiden absurderweise miteinander bekannt.

Als Eriks Blick erneut auf ihren traf, stockte ihr der Atem. Sie spielte mit dem Gedanken, sich auf der Stelle umzudrehen und zu gehen, aber Schock und Panik lähmten sie. Also starrte sie ihn bloß wortlos an und schaute in das Grau seiner Augen, das in diesem Moment beinahe smaragdgrün schimmerte.

Er sah verdammt gut aus mit seinen markanten Gesichtszügen. Sogar noch attraktiver, als sie ihn in Erinnerung hatte.

Und während sie noch immer wie angewurzelt vor ihm stand, streckte Erik seine Hand aus und ergriff die ihre.

»Hallo Frau Martens, freut mich, Sie kennenzulernen.« Seine Hand war eiskalt. Sein Blick blieb kurz an ihr hängen, eindringlich, jedoch schwer zu deuten.

Ihn nach all der Zeit wiederzusehen, ihn zu berühren, löste eine Welle von Emotionen in ihr aus. Abrupt zog sie ihre Hand zurück, als hätte sie sich verbrannt. Ihr Kopf war voller Fragen, aber es war vor allem eine, auf die sie zuallererst eine Antwort zu finden suchte: *Erik siezt mich, gibt vor, mich nicht zu kennen. Was ist das für ein Spiel, das er hier mit mir spielt?*

Mit zitternden Beinen sank sie auf einen Stuhl. Blanke Panik stieg in ihr hoch. Was sollte sie jetzt nur tun?

Wie aus weiter Ferne hörte sie Schmidt in diesem Augenblick sagen: »Herr Anderson, Sie wollten nur meine allerbesten Leute, und ich versichere Ihnen, Kaya ist die Beste. Sie wird daher die strategische Leitung Ihres Projekts übernehmen.«

Erik räusperte sich. »Sie müssen wissen, die Medienbranche ist ein hart umkämpftes Geschäft und die Erschließung neuer Märkte alles andere als trivial. Ich brauche daher von Ihnen in erster Linie Leute, denen ich voll und ganz vertrauen kann«, entgegnete er und fuhr anschließend an Kaya gewandt fort: »Gehören Sie zu der Sorte Menschen, denen man voll und ganz vertrauen kann?«

Sie verzog das Gesicht. »Ihre Frage ist hoffentlich nicht ernst gemeint?«

Diese Worte waren aus ihr herausgesprudelt. Einfach so.

Erik lehnte sich in seinem Stuhl zurück und musterte sie kurz. Dann lächelte er. »Ich scherze nicht. Oder sehen Sie mich etwa lachen?«

Schmidt, dem das Unterschwellige zwischen den beiden nicht entgangen war, wirkte irritiert. Hier lagen heftige Spannungen in der Luft, die er sich gewiss nicht erklären konnte. Kaya spürte zwar Schmidts unheilvollen Blick auf sich, der sie zum Schweigen anhielt, schenkte ihm jedoch keinerlei Beachtung. Ihre alleinige Aufmerksamkeit galt Erik. Der lächelte sie ungeachtet ihres Kommentars weiterhin an. Es war aber kein offenes Lächeln. Der Argwohn in seinem Blick ließ eine enorme Wut in ihr hochkommen. Diese Wut wiederum löste zusehends ihre innere Blockade, sodass sie langsam wieder zu sich kam.

»Ich weiß, dass man mir vertrauen kann. Aber ob Sie das auch können, weiß ich natürlich nicht. Zumal die Fähigkeit, anderen zu vertrauen, ein gewisses Maß an Selbstvertrauen voraussetzt.«

Kaya klang wesentlich selbstsicherer, als ihr zumute war. Irgendwie brachte sie es sogar fertig, zu lächeln und ihm dabei angriffslustig in die Augen zu sehen. Ihre Botschaft an ihn war unmissverständlich: *Was soll diese Frage? Wir wissen doch beide, dass du mir nicht vertraust.*

»Da täuschen Sie sich aber gewaltig. Weder Selbstvertrauen noch gute Menschenkenntnis können das Risiko einer Täuschung komplett ausschließen«, entgegnete Erik, und in seinen Augen lag echte Verachtung.

Schmidt kniff nun die Augen zusammen und bedachte Kaya mit einem weiteren unheilvollen Blick. Diesmal verstummte sie. Anschließend sah er von ihr zu Erik.

»Jemand, der schon so vieles erreicht hat wie Sie, der hat sowohl eine gute Menschenkenntnis als auch das nötige Selbstvertrauen, gar keine Frage. Und was die Vertrauenswürdigkeit meiner Mitarbeiter anbelangt: Ich kann Ihnen versichern, Loyalität gegenüber unseren Kunden ist in meinem Unternehmen von enormer Bedeutung. Sie haben mich um meine besten Berater gebeten, und mit Kaya haben Sie meine Nummer eins bekommen. Ich vertraue ihr, und Sie können das auch.«

Schmidt schien noch kurz auf eine Reaktion von Erik zu warten, diese blieb jedoch aus, also ging er zu einem wesentlich angenehmeren Thema über. »Lassen Sie uns nun ein Menü auswählen. Ich kann Ihnen den Fisch empfehlen, er schmeckt hier einfach hervorragend.«

Unter anderen Umständen wäre Kaya jetzt beeindruckt gewesen von der Genialität ihres Chefs, denn alles in allem war es ihm gelungen, sie selbst in die Schranken zu weisen, die Loyalität seiner Mitarbeiter zu untermauern und Erik dabei auch noch zu schmeicheln. Unter diesen Umständen aber stöhnte sie innerlich auf. Sie schaute in die Karte, ohne wirklich zu lesen, was darin stand. Hunger oder gar Appetit waren ihr schlagartig vergangen – schon vom allerersten Augenblick an, in dem sie Erik erkannt hatte. Als sie verstohlen in seine Richtung lugte, bemerkte sie, dass er sie aufmerksam musterte. Wenn er ihr direkt in die Augen sah, so wie jetzt, brachte es sie noch immer aus der Fassung. Kaum zu glauben, dass sie einmal mit diesem Mann zusammen gewesen war. Dass sie mit ihm ihr ganzes Leben hatte verbringen wollen. Der Mann, den sie einst über alles geliebt hatte, kam ihr jetzt so verändert vor, so kalt und unnahbar. Der Gedanke ließ sie erschauern, und sie konzentrierte sich wieder auf die Karte.

»Haben Sie schon gewählt oder brauchen Sie noch ein paar Minuten?«, wollte der Kellner von ihnen wissen und bot höflich seine Hilfe bei der Auswahl an.

»Für mich bitte als Vorspeise die Jakobsmuscheln und als Hauptgericht den Loup de mer mit gerösteten Kartoffeln«, antwortete Schmidt und bestellte für sich und Erik noch eine Flasche Cabernet Sauvignon blanc dazu.

»Sehr gern. Und Sie, mein Herr?«, fragte der Kellner jetzt Erik.

»Ich nehme als Vorspeise die Artischocken und als Hauptgericht den gegrillten Thunfisch und dazu ebenfalls die gerösteten Kartoffeln, bitte.«

Umgehend notierte der Kellner die Bestellung und schaute anschließend Kaya an. »Und was darf es für die Dame sein?«

Frische Luft und eine Packung Valium, dachte sie. Laut sagte sie jedoch: »Für mich die Süßkartoffelsuppe vorab und den Salat von der Tageskarte. Und zu trinken eine Flasche Mineralwasser, bitte.«

»Kein Champagner?«, wollte Erik wissen, woraufhin Schmidt die beiden mit sichtlicher Verwunderung musterte.

»Offensichtlich nicht.« Kaya räusperte sich. »Haben Sie vorhin nicht von sich behauptet, eine gute Menschenkenntnis zu besitzen? Vielleicht sollten Sie sich lieber doch nicht darauf verlassen«, platzte sie heraus, bevor sie es verhindern konnte. Und damit die Sache nicht vollkommen aus dem Ruder lief, beschloss Kaya noch im selben Augenblick, für ein paar Minuten zu flüchten. »Entschuldigen Sie mich bitte kurz.«

Im Waschraum atmete sie langsam ein und wieder aus, während sie eiskaltes Wasser über ihre Hände laufen ließ. Die Vorstellung, für Erik arbeiten zu müssen, lähmte sie. Sie konnte einfach nicht fassen, in was für einer Situation sie sich auf einmal wiederfand.

Als sie einen Blick in den Spiegel wagte, zuckte sie vor Schreck zusammen. Ihr Gesicht war gezeichnet vom Schock, den sie erlitten hatte: Ihre sonst rosigen Wangen waren feuerrot und ihre Augen weit aufgerissen.

Oh Mann, noch vor Kurzem war ich gefasst, motiviert und gerade dabei gewesen, einen Neuanfang in Sachen Liebe zu wagen. Und jetzt ist er wieder da. Ist das alles vielleicht doch nur ein schlimmer Albtraum, aus dem ich jeden Moment aufwachen werde?, fragte sie sich. Nur kannte sie die Antwort darauf genau: Das hier war kein Albtraum. Oder doch, es war schon ein Albtraum, nur eben einer, der skurrilerweise real geworden war. Und das Schlimmste daran war: Von dem bevorstehenden Abend mit Erik und Schmidt waren erst ein paar Minuten vergangen.

In Momenten wie diesem gab es nur einen einzigen Menschen, dessen Stimme Kaya hören wollte. Wie in Trance griff sie zu ihrem Handy und wählte Lous Nummer.

Bitte geh ran, betete sie innerlich, aber Lou nahm nicht ab, und so legte sie enttäuscht wieder auf. Doch gerade als sie das Handy zurück in ihre Handtasche stecken wollte, bemerkte sie eine Nachricht von Paul.

Danke, dir auch eine gute Zeit …
und mach dir bitte wegen heute
Abend keinen Kopf – wir holen
das schon sehr bald nach!

x. Paul

Kaya musste lächeln. In diesem Moment von Paul zu hören, fühlte sich so an, als hätte man ihr eine zentnerschwere Last von den Schultern genommen. Erik war Vergangenheit, die Zukunft war Paul. Sich das wieder und immer wieder bewusst zu machen, würde ihr die nötige Kraft geben, um diesen Abend irgendwie zu überstehen. Und gleich am Montagmorgen würde sie Schmidt informieren, dass sie dieses Projekt nicht leiten würde. Punkt.

Mit einem Lächeln auf den Lippen schrieb sie Paul zurück.

Ja, das werden wir :-)

Kaya

Dann warf sie noch einen letzten Blick in den Spiegel und versuchte sich zu sammeln. »Dieser Mann da draußen bedeutet mir nichts«, flüsterte sie, »ebenso wenig wie ich ihm.«

Sie straffte die Schultern, holte ein paarmal tief Luft und marschierte schließlich auf wackeligen Beinen zurück zum Tisch.

Glücklicherweise wurde von nun an ausschließlich über das Projekt gesprochen. Kaya stocherte in ihrem Essen und hörte schweigend zu, wie Erik seine ambitionierten Ziele darlegte, während Schmidt wiederum Erik begeistert Wege aufzeigte, diese zu verwirklichen.

»Die Erschließung des mitteleuropäischen Marktes wird uns vor große Herausforderungen stellen. Die zu meistern, ist Ihre Aufgabe«, stellte Erik klar.

Schmidt nickte energisch. »Das werden wir, seien Sie unbesorgt. Wir sind hoch motiviert, und Sie werden mit dem Ergebnis unserer Arbeit sehr zufrieden sein.«

»Ich werde nicht immer an den Meetings teilnehmen können, dafür aber zwei meiner Mitarbeiter aus der Strategieabteilung. Hier sind ihre Kontaktdaten. Und Kaya, zu Ihrer Information: Ich möchte dieses Projekt in weniger als acht Wochen abgeschlossen haben.«

Sie nahm die Visitenkarten entgegen und steckte sie in ihre Handtasche, ohne Erik dabei in die Augen zu schauen.

»Ich darf Sie doch sicher Kaya nennen, oder?«, wollte er in diesem Moment von ihr wissen und versuchte, ihren Blick zu fixieren.

Was für ein Zirkus: Vor ihr saß Erik, der Mann, mit dem sie schon so viele leidenschaftliche Nächte erlebt hatte. Der Mann, mit dem sie einmal ihr ganzes Leben hatte verbringen wollen. Und dieser Mann siezte sie jetzt, wollte allen Ernstes sogar wissen, ob er sie mit dem Vornamen ansprechen durfte. Kaya wusste nicht, ob sie lachen oder weinen sollte.

»Sie dürfen«, antwortete sie in demselben unverbindlichen Tonfall, in dem er sie gefragt hatte, und schaute ihm dabei direkt in die Augen. Wie sehr hatte sie diese Augen doch geliebt, wenn sein Lächeln sie strahlen ließ oder sie vor Leidenschaft dunkel wurden.

Mit einem Mal wurde sie sich der Stille bewusst, die um sie herum herrschte. Sie blickte sich um, beobachtete, wie sich ein junges Paar an den Nebentisch setzte. Einige Sekunden später spürte sie Eriks erwartungsvollen Blick auf sich. Shit, hatte er gerade etwas zu ihr gesagt?

Er schien ihre geistige Abwesenheit bemerkt zu haben, denn er wiederholte sehr zu ihrer Verwunderung möglichst unauffällig seine Frage: »Mich würde daher interessieren, ob Sie schon einmal in London waren?«

Der Blick, den sie ihm jetzt zuwarf, war ein Was-soll-denn-das-werden-wenn-es-fertig-ist-Blick. *Du weißt doch genau, dass ich schon einmal dort war. Und zwar gemeinsam mit dir.*

Damals hatte er sie an ihrem Geburtstag mit einem British Dinner überrascht, woraufhin Kaya begeistert gerufen hatte: »Oh, wie cool! Aber wo in München gibt es das?«

»In München gar nicht. Wir fliegen nach London.« Und noch im selben Moment hatte er sie an sich gezogen und ihr zwischen zwei leidenschaftlichen Küssen ins Ohr geflüstert: »In ein paar Stunden geht unser Flug. Wir werden uns beeilen müssen, denn vorher habe ich noch etwas anderes mit dir vor.«

Kaya spürte genau, wie ihr bei Eriks Blick damals wie heute Schauer über den Rücken liefen. Aber etwas war diesmal anders: Die Augen, in die sie gerade schaute, waren nicht mehr voller Leidenschaft. Nein, sie waren eiskalt, voller Verachtung und Gleichgültigkeit.

»Ja, ich war schon einmal in London, aber das ist lange her«, beantwortete sie seine Frage. »Ehrlich gesagt, kann ich mich kaum noch daran erinnern.« Sie ließ ihre Worte zunächst so stehen, fügte dann aber provokativ hinzu: »Was aber nicht schlimm ist. Wenn ich mich an etwas nicht mehr

erinnern kann, dann nur, weil es mir ohnehin nicht wichtig
war.«

Sie wollte ihn mit dieser Lüge treffen, so wie er sie getroffen hatte. Und für den Bruchteil einer Sekunde sah sie
auch diesen irritierten Ausdruck auf seinem Gesicht, so
kurz, so surreal. Doch schon war der Moment wieder vorbei, und sie war sich nicht mehr sicher, ob sie das alles
richtig wahrgenommen hatte.

»Sie entschuldigen mich kurz«, hörte sie Schmidt nun
sagen – und ihr Herz blieb stehen. Denn jetzt war er da, der
Augenblick, in dem sie mit Erik allein war.

7

Die Stille, die folgte, war so erdrückend, dass Kaya sie nicht lange aushalten konnte.

»Kannst du mir bitte verraten, was das Ganze hier soll?« Sie kochte vor Wut, hatte die rechte Hand so fest zur Faust geballt, dass die Knöchel weiß hervortraten.

»Um ehrlich zu sein, verstehe ich deine Frage nicht«, erwiderte Erik anscheinend völlig gelassen und ergänzte mit einem unschuldigen Blick: »Möchtest du vielleicht einen Wein? Der Cabernet Sauvignon ist wirklich sehr empfehlenswert. Du solltest ihn unbedingt probieren.«

»Hör auf damit!«, platzte sie heraus. Am liebsten hätte sie ihm seinen blöden Wein direkt ins Gesicht geschüttet.

»Womit denn?«

»Damit, mich für dumm zu verkaufen.« Ihre Nerven lagen blank. »Also noch mal: Was soll das Ganze hier?«

»Es sieht wohl sehr danach aus, als ob du mein Projekt leiten wirst.«

Sie schloss die Augen, atmete tief ein und aus. Hier war definitiv der falsche Ort für dieses Gespräch. Als sie die Augen wieder öffnete, lächelte er sie an.

»Möchtest du wirklich nicht den Cabernet Sauvignon probieren?«

»Nein danke. Ich will deinen blöden Wein nicht.«

»Okay, okay. Reg dich wieder ab. Ich wollte nur nett sein.«

»Nein, wolltest du nicht.«

»Hör mal, ich bin darüber auch nicht begeistert, aber wenn dein Chef der Meinung ist, dass du für die Projektleitung am besten geeignet bist, bin ich damit einverstanden.«

»Wie nett von dir.« Sie schwieg einen Moment, dann lächelte sie spitz. »Und erwartest du jetzt einen Orden als Zeichen meiner Dankbarkeit?«

»Liebe Güte, Kaya! Du solltest professionell genug sein, um Berufliches von Privatem zu trennen.«

Der Ton, in dem er jetzt mit ihr sprach, war so herablassend, als hätte sie den Verstand verloren. In der Sekunde, als sie den beißenden Spott darin bemerkte, platzte ihr endgültig der Kragen. Sie schnappte nach Luft und ballte nun beide Hände zu Fäusten. »So eine gänzlich unprofessionelle Strategin wie ich sollte demnach gewiss nicht für jemanden wie dich arbeiten.«

Sein Gesicht blieb ausdruckslos mit Ausnahme seiner Augenbrauen, die er vielsagend hochzog.

»Also gut, wenn ich jemanden bekomme, der genauso gut ist wie du oder gar besser, wäre ich damit einverstanden. Solange das aber nicht der Fall ist, bleibst du für mein Projekt verantwortlich. Andernfalls entziehe ich *Schmidt & Partner Consulting* den Auftrag wieder«, entgegnete er mit einem Unterton, der keinen Zweifel an der Ernsthaftigkeit seiner Drohung ließ.

Mann, ist das zermürbend!, dachte sie. *Dieses Machtgehabe, gepaart mit seiner maßlosen Arroganz – am liebsten würde ich ihm eine Ohrfeige verpassen.* Doch dazu fehlte ihr dann doch der Mut.

»Erik, bitte, machen wir uns nichts vor. Das mit uns beiden würde nicht funktionieren«, versuchte sie erneut, ihn umzustimmen. Auch wenn ihr eigentlich klar war, dass sie damit keinen Erfolg haben würde.

»Uns?! Es wird kein Uns geben, nie mehr. Hast du das denn immer noch nicht verstanden? Das hier ist eine rein berufliche Geschichte, alles andere ist aus und vorbei. Schnee von vorgestern sozusagen. Und je schneller du dich damit abfindest, desto besser ist es für dich.«

Wie bitte?! Kaya hatte das Gefühl, eine Ohrfeige von ihm bekommen zu haben. Sie blinzelte verstört und holte tief Luft. Unwillkürlich fragte sie sich, wie es sein konnte, dass zwei Menschen, die sich einst so nahe gewesen waren, nun kaum imstande waren, etwas freundlichen Smalltalk miteinander zu betreiben. »Das ehrt dich wirklich sehr, dass dir so viel an meinem Wohl gelegen ist, aber ich glaube, du hast da was falsch verstanden. Du kannst dir deine rührenden Ratschläge also schenken ...«

Weiter kam sie nicht, denn auf einmal bemerkte sie ein Blitzen in seinen Augen, das sie irritierte. Nein, das stimmte nicht. Es irritierte sie nicht. Es brachte sie vollkommen aus der Fassung. Während sie auf ihrem Stuhl herumrutschte, spürte sie, wie ihre Haut kribbelte. Kaum zu glauben, diese grauen Augen faszinierten sie noch immer.

Nervös zupfte sie die Serviette auf ihrem Schoß zurecht, versuchte sich zusammenzureißen. *Was stimmt bloß nicht mit mir?*, fragte sie sich verzweifelt. *Wie kann dieser Mann nach allem, was war, mit nur einem Blick derart starke Gefühle in mir auslösen?*

Ihr Blick wanderte zu dem jungen Paar vom Nebentisch. Die beiden steckten gerade die Köpfe zusammen und kicherten wie zwei frisch verliebte Teenager. Kaya sah auf ihre ineinander verschlungenen Finger hinunter und zuckte innerlich zusammen. Endlich kehrte ihre Wut zurück und drängte die Verwirrung beiseite. Sie blickte wieder Erik an, schüttelte den Kopf und bemühte sich darum, mit ruhiger Stimme zu sprechen. »Von privat war hier ohnehin nicht die Rede. Denn stell dir vor, auch ich habe meine Prinzipien. Und ich will nicht mit jemandem zusammen sein, der so schlecht über mich denkt.«

»Verdammt, Kaya!«, fluchte Erik leise und ballte dabei seine rechte Hand zur Faust.

Sie schnaubte wütend. »Hast du jemals die Möglichkeit erwogen, dass Menschen sich täuschen können? Offensichtlich nicht. Aber ich verrate dir jetzt was: Menschen *können* sich täuschen. Selbst ein Erik Anderson kann sich täuschen.«

»Das, was ich damals gesehen und gehört habe, war eindeutig. Zu eindeutig, um das Ganze hinterfragen zu können«, gab er scharf zurück und fügte in einem etwas ruhigeren, dafür aber eiskalten Ton hinzu: »Wie dem auch sei, das alles spielt ohnehin keine Rolle mehr.«

Seine Abneigung fühlte sich vernichtend an. Nur mit Mühe konnte sie die Tränen der Verzweiflung zurückdrängen, die ihr in die Augen stiegen. Normalerweise hätte sie das Gespräch an dieser Stelle beendet, aber sie konnte unmöglich einfach aufstehen und gehen.

»Mag sein, dass das für dich keine Rolle mehr spielt, für mich tut es das aber schon«, entgegnete sie hitzig und schloss für einen Moment die Augen, um ihn nicht länger ansehen zu müssen. Doch zu allem Überfluss beschworen seine Worte in ihrem Kopf jetzt auch noch die Erinnerung an jenen schicksalhaften Abend. An den Ausdruck in seinem Gesicht. Den Zorn und die Enttäuschung, die sich darin widerspiegelten.

Ein Schmerz durchzuckte sie, und zwar so heftig, dass sie ihn kaum aushalten konnte. Sie riss die Augen wieder auf.

»Warum bestehst du darauf, dass ich dein Projekt leite? Glaubst du allen Ernstes, diese Konstellation hier bildet eine gute Basis für eine erfolgreiche Zusammenarbeit? Schau uns doch mal an: Wir sind erwachsen, schaffen es aber nicht mal für ein paar Minuten, uns wie zwei Erwachsene zu unterhalten«, gab sie zu bedenken. »So ein Risiko kann doch ein erfolgreicher Geschäftsmann, wie du es bist, nicht allen Ernstes eingehen wollen.«

»Welches Risiko ich eingehen will und welches nicht, das lass mal bitte meine Sorge sein. Und wenn du denkst, der Kontakt zwischen uns beiden wird eng sein, so muss ich dich leider enttäuschen. Sobald wir uns auf das Grundkonzept geeinigt haben, werden meine Mitarbeiter die Strategieumsetzung begleiten. Ich habe nämlich noch ein paar andere Themen auf meinem Tisch.«

Kaya biss sich auf die Lippe. *Ich soll mir also keine Hoffnungen auf mehr machen?*, hätte sie ihm am liebsten ins Gesicht geschrien.

Was bildete sich dieser Typ überhaupt ein, wer er war? Es war einfach nicht zu fassen.

In ihrem Zorn und all ihrer Verzweiflung sah sie plötzlich Eriks Freund Jonas vor ihrem inneren Auge. Sie wusste zwar, dieses Thema gehörte nicht hierher, und sie wusste auch, wie sehr ihre Worte ihm missfallen würden. Aber sie wollte nicht länger als berechnend und kaltblütig angeprangert werden. Damit war jetzt ein für alle Mal Schluss. Sie würde ihm die Wahrheit über Jonas sagen und über das, was wirklich in jener Nacht geschehen war. Sollte er doch sehen, wie er damit klarkäme. Diesmal konnte er ja nicht einfach aus dem Raum fliehen, und es war auch keine E-Mail, die er ungelesen löschen konnte. Nein, diesmal musste er ihr zuhören.

»Du bildest dir ein, Menschen und Situationen immer korrekt einschätzen zu können. Du denkst, du bist über allem erhaben. Aber das bist du nicht.«

»Worauf willst du hinaus?«

»Darauf, dass an jenem Abend alles ganz anders war, als du es dir zusammengereimt hast. An jenem Abend nämlich –«

»Entschuldigen Sie bitte nochmals die Unterbrechung, aber ich musste dringend mit meiner Frau telefonieren. Sie beschwert sich immer, ich würde zu wenig Zeit mit ihr verbringen. Und wenn ich das dann mit Geschenken und Komplimenten wiedergutmachen will, ist es jedes Mal wie Topfschlagen im Minenfeld«, scherzte Schmidt. Er schien die aufgeladene Stimmung zwischen den beiden nicht zu spüren. Und selbst wenn ihr Chef etwas davon mitbekommen haben sollte, so war er professionell genug, sich nichts anmerken zu lassen.

Eriks Miene war inzwischen wieder undurchsichtig, die letzten Minuten schienen spurlos an ihm vorbeigegangen zu sein. Und er lächelte sogar. »Meine Verlobte beschwert sich auch immer, wenn ich einen gemeinsamen Theaterbesuch oder ein Wellness-Wochenende absagen muss, weil mir etwas Geschäftliches dazwischengekommen ist.«

Bei Eriks Worten zuckte Kaya zusammen.

Erik ist verlobt?! Das gibt's doch nicht! Ich meine, das gibt's doch wirklich nicht!

Sie stand dermaßen unter Schock, dass sie einen Moment brauchte, bis sie merkte, wie ihr die Tränen kamen. Wütend blinzelte sie sie weg. Weil sie nicht wusste, wie sie mit dieser Situation umgehen sollte, wandte sie sich leicht ab und ließ ihren Blick ratlos durch den Raum schweifen.

Und du Idiot wolltest ihn damit treffen, dass er die Lage damals falsch eingeschätzt hat. Dass er ohne Grund all das kaputtgemacht hat, was zwischen euch beiden war. Wie naiv bist du eigentlich?

»Kaya, ich glaube, Ihr Handy klingelt«, nahm sie von Weitem Schmidts Stimme wahr und griff daraufhin wie in Trance in ihre Tasche. *Bitte, lass es Lou sein*, dachte sie und holte das klingelnde Telefon heraus. Erleichtert stellte sie fest, dass es tatsächlich Lou war.

»Entschuldigen Sie mich bitte einen Moment.« Mit wackeligen Beinen stand sie auf, um zum Telefonieren in eine ruhige Ecke zu gehen.

»Lou, hi, oh Mann, was bin ich froh, dass du anrufst. Ich weiß gar nicht, was ich tun soll, ich … Er ist da, und ich glaube, ich breche jeden Moment vor ihm zusammen«, legte sie hektisch los, ohne Punkt und Komma.

»Wer ist da? Kaya, ich verstehe kein Wort, du musst langsamer sprechen.«

»Erik ist da, verstehst du? Und er ist verlobt! Und ich weiß nicht … also … Wir haben gestritten, und er will doch allen Ernstes –«, stammelte sie panisch in den Hörer.

»Kaya! Stopp! Schön der Reihe nach. Also, was ist passiert?«, unterbrach Lou sie sanft.

Kaya holte tief Luft und versuchte es noch einmal: »Ich sollte heute Abend einen neuen Kunden zum Dinner treffen. Und der neue Kunde ist Erik. Und es ist so schlimm, aber ich komme hier nicht weg … Schmidt ist auch da.«

»Ach du Scheiße, dein Ex? Ist das dein Ernst?«

»Das ist sogar mein voller Ernst.«

»Ach herrje, das gibt's doch nicht. Okay, wie es dir geht, brauch ich nicht zu fragen, ich höre es dir ja an. Pass auf, du gehst jetzt erst mal zurück an den Tisch, um dich zu verabschieden, und dann nimmst du ein Taxi zu mir. Keine Widerrede, okay?«

»Ja, okay. Aber was soll ich denn sagen, weshalb ich so plötzlich wegmuss?«

»Sag einfach nur, es wäre etwas Dringendes, und du müsstest leider jetzt los. Oder so was in der Art. Dir fällt schon was ein. Also, bis gleich.« Lou legte auf.

Mit zitternden Knien kehrte sie an den Tisch zurück. »Ich muss mich jetzt leider von Ihnen verabschieden.« Und an

Erik gewandt fügte sie hinzu: »Herr Anderson, es hat mich gefreut, Sie kennenzulernen.«

Bei den letzten Worten brach ihr fast die Stimme, aber sie riss sich zusammen, um noch halbwegs glaubhaft und gefasst zu klingen. Ob ihr das tatsächlich gelungen war, wollte sie lieber nicht wissen.

»Auf Wiedersehen!«, rief der Kellner ihr noch mit einem Lächeln hinterher, aber sie konnte ihm nicht antworten. Ihre Kehle war wie zugeschnürt. Also nickte sie ihm nur kurz zu und rannte beinahe in Richtung der Eingangstür. Innerlich war sie wie betäubt. Leer.

Erschöpft und mit steifem Nacken lehnte sie sich draußen gegen den erstbesten Baum. Sie konnte nicht mehr. Sie war am Ende. Und da brach es aus ihr heraus. Kaya vergrub die Hände in ihren Haaren und ließ den Tränen freien Lauf.

So stand sie eine ganze Weile einfach nur da, schnappte schluchzend nach Luft und weinte. Vor Wut, vor Enttäuschung, vor Schock. Bis sie durch den dicken Tränenschleier ein Taxi erblickte.

Schnell wischte sie sich mit zitternden Händen die Tränen aus den verheulten Augen und wollte gerade fragen, ob der Wagen noch frei sei, da kam der Fahrer ihr zuvor: »Frau Martens? Bitte steigen Sie ein.«

Lou war ein Schatz. Sogar ein Taxi hatte sie ihr gerufen und würde jetzt sicher mit einer heißen Schokolade auf sie warten.

Während der Wagen sich in den Münchner Verkehr einfädelte, starrte Kaya aus dem offenen Fenster. Sie sah in den schwachen Schein der Straßenlaternen, der zu einer Lichterkette verwischte, und spürte dabei die kühle Brise auf ihrem Gesicht.

Als das M.U.N.I.C.H. gute zwei Kilometer hinter ihr lag, schaffte sie es, ihre Gedanken auf eine heiße Tasse zwischen

ihren kalten Händen zu konzentrieren, und diese Aussicht
war so verlockend, so trostreich, dass sie etwas ruhiger
wurde.

8

»Oh Gott, wie siehst du denn aus?! Total verheult und so fix und fertig!«, rief Lou entsetzt. Noch bevor Kaya antworten konnte, nahm Lou sie tröstend in die Arme. Diese warme Geste trieb Kaya erneut Tränen in die Augen, und so standen die beiden noch für eine kurze Zeit an der Tür. »Du zitterst ja am ganzen Körper. Komm, Süße, wir setzen uns auf die Couch und trinken was zusammen. Es gibt nämlich Momente im Leben, für die heiße Schokolade erfunden wurde, und das hier ist so einer.«

Kaya schniefte. »Ja, okay. Danke, dass ich heute Nacht bei dir sein kann. Du bist die beste Freundin der Welt, hab ich dir das schon mal gesagt?«

»Ja, hast du.« Lou lächelte sie liebevoll an.

»Ich meine, sogar ein Taxi hast du mir geschickt. Ich kann dir gar nicht sagen, wie dankbar ich dir dafür bin«, fügte Kaya schnell hinzu und wischte sich die Tränen aus den Augen.

»Das ist doch selbstverständlich. Außerdem hättest du das Gleiche für mich getan«, meinte Lou sanft und überreichte ihr das Heißgetränk.

Kaya erwiderte mit einem Lächeln: »Stimmt, hätte ich.«

Sie nahm einen großen Schluck von der heißen Schokolade und lehnte sich ein wenig in das weiche blaue Sofa zurück. Und weil der erste Schluck wie Balsam ihren trockenen Hals hinunterlief, nahm sie gleich noch einen.

Es war erstaunlich: Kaum war sie bei Lou, fühlte sie sich schon etwas besser. Was ausschließlich an Lous warmherziger Ausstrahlung lag. Denn für das schön gedeckte Tablett mit den leckeren Nüssen auf dem Couchtisch hatte sie heute keinen Blick, ebenso wenig für die bunte Obstschüssel, auf der Lous Credo geschrieben stand: ›Wo deine Komfortzone endet, beginnt dein Leben.‹

Lou war durch und durch eine Powerfrau. Auch jetzt dachte Kaya wieder, dass es einfach faszinierend war, wie unbeirrt und entspannt sie doch in ihrem Teddybär-Pyjama dasaß, die schulterlangen blonden Haare zu einem dicken Zopf geflochten.

»Also, ich bin ganz Ohr.«

Kaya seufzte tief. »Er, also ich ...« Sie schluckte und wischte sich mit der Hand über das Gesicht. »Ich kam mir den ganzen Abend über wie in einem schlechten Film vor, denn vor Schmidt hat er so getan, als würde er mich gar nicht kennen. Und als Schmidt dann kurz weg war und ich mit ihm allein, da ... da ...«

Sie stockte und brach erneut in Tränen aus.

Entgeistert schüttelte Lou den Kopf, während sie versuchte, Kayas Wortbrocken halbwegs zu folgen. Dann griff sie nach der Schachtel Tempo-Tücher und legte sie sanft auf Kayas Schoß.

»Nicht dein Ernst?!«

»Doch, mein voller Ernst!« Dankbar nahm Kaya eines aus der Box und putzte sich die Nase.

»Was für eine total verrückte Geschichte! Und Erik? Das muss doch auch für ihn ein Schock gewesen sein, dich nach all der Zeit wiederzusehen.«

»Du wirst lachen, aber ihn lässt das alles völlig kalt.« Sie machte eine kurze Pause, bevor sie mit tränenerstickter

Stimme weitersprach: »Bei der erstbesten Gelegenheit hat er klargestellt, dass ich mir bloß keine falschen Hoffnungen machen soll.«

»Wie bitte?! Der Typ hat sie doch nicht mehr alle!«, fluchte Lou. Sie schien gar nicht glauben zu können, was sie da hörte. »Was genau hat er denn gesagt? Und wie kommt er überhaupt darauf, du könntest noch was von ihm wollen?«

Hilflos zuckte Kaya mit den Schultern. »Ich habe versucht, ihn zur Vernunft zu bringen. Ihn davon zu überzeugen, sein blödes Projekt von jemand anderem betreuen zu lassen. Doch er blieb hartnäckig, bestand weiterhin darauf, dass ich es mache. Und in dem Zusammenhang riet er mir, Berufliches von Privatem zu trennen. Er fand auch deutliche Worte dafür, dass die Sache für ihn rein geschäftlich sei. Ich solle mir also keine falschen Hoffnungen machen.«

»Wow, ganz schön dreist von ihm!«, rief Lou verärgert und griff nach ihrer Tasse. »Ich meine, er besteht darauf, dass du sein Projekt leitest, und das, obwohl du ganz offensichtlich nicht willst. Und dann bringt er so einen bescheuerten Kommentar. Wahnsinn!«

»Aber weißt du, was das Allerschlimmste ist? Er hat gar nicht mal so unrecht mit dem, was er sagt. Seine Nähe lässt mich nicht kalt, ganz im Gegenteil sogar. Und das ist, ehrlich gesagt, mein größtes Problem hier«, räumte Kaya ein. Sie wagte es nicht, ihrer Freundin dabei in die Augen zu sehen.

»Wie bitte?« Mit einem lauten Klirren stellte Lou ihre Tasse zurück auf den Couchtisch. »Du weißt doch genau, wie herablassend er dich damals behandelt hat und offenbar auch heute noch behandelt. Und trotzdem fühlst du dich immer noch zu diesem Idioten hingezogen?!« Jegliches Verständnis war aus ihrem Gesicht verschwunden, stattdessen sprach jetzt tiefe Sorge aus ihrem Blick.

Kaya trank einen Schluck. Sie wusste nicht, was sie sonst tun sollte. Dann strich sie angespannt ihr Haar zur Seite und sah etwas unsicher zu Lou hinüber. »Mein Verstand sagt ja auch Nein. Es ist mein Körper, den ich nicht kontrollieren kann.«

»Ach was! Das ist sicher nur der Schock, der dich glauben lässt, du hättest noch Gefühle für diesen Mann. Es klingt nicht so, als wärt ihr besonders freundlich zueinander gewesen. Wieso glaubst du, du wärst ihm noch verfallen, wenn ihr euch doch im Grunde nur gestritten habt?«

»Da war etwas in seinem Blick, ich kann dir noch nicht mal erklären, was genau es war. Jedenfalls kann ich diesen Auftrag nicht annehmen, selbst wenn es mich die Partnerschaft in der Firma kostet.«

»Moment mal … Partnerschaft?!«

»Na ja, wenn ich dieses Projekt erfolgreich abgeschlossen hätte, hätte Schmidt mich zur Partnerin gemacht. Stell dir vor, ich wäre dann die erste und einzige Frau im Management. An sich ein Grund zum Anstoßen, aber inzwischen hat sich das ja schon wieder erledigt. Wer weiß, wenn ich ihm meine Entscheidung mitteile, kündigt er mir am Ende sogar. Aber was soll's. Ich finde schon was Neues. Gleich Montag früh werde ich mit ihm reden.« Die Entschlossenheit in ihrer Stimme war nicht zu überhören.

»Nein, das wirst du nicht tun, hörst du?! Du hast dich einst in einen Mann verliebt, mit dem du eine schöne Zeit verbracht hast. Dann hat sich jedoch herausgestellt, dass dieser Mann dich nicht verdient hat. Es ist schon schlimm genug, dass Erik dir fünf Jahre deines Lebens vermasselt hat. Warum lässt du zu, dass er auch noch deine Karriere zerstört?« Lou war sichtlich aufgebracht, und Kaya konnte es ihr nicht verdenken.

»Unter diesen Umständen stehe ich das Ganze doch ohnehin nicht durch. Also ist die Partnerschaft für mich so oder so nicht drin«, versuchte Kaya sich zu rechtfertigen.

»Blödsinn! Natürlich stehst du das durch! Du warst heute Abend einfach nur nicht darauf vorbereitet. Das ist alles. Aber ab heute kennst du die Fakten und wirst viel besser, viel gefasster mit dieser zugegeben beschissenen Situation umgehen können.«

»Aber was, wenn das Ganze mich fertigmacht?«

»Dann brichst du das Projekt eben ab. Außerdem wirst du sicher viel per Telefon und E-Mail mit ihm klären können. Und dabei bleibst du einfach sachlich und professionell.«

»Ja, stimmt auch wieder. Er lebt schließlich in London.«

»Achte nur darauf, nicht mit ihm allein in einem Raum zu sein.«

»Erik hat kein Interesse mehr an mir, glaub mir.« Sie schluckte, dann fuhr sie besorgt fort: »Ich hoffe nur, Marie und Ben merken nicht, dass ich ihn bereits kenne.«

»Hast du den beiden etwa nie von ihm erzählt?«

»Nein, habe ich nicht. Als ich damals bei *Schmidt & Partner Consulting* angefangen habe, war die Trennung noch zu frisch, als dass ich mit jemandem außer dir hätte darüber reden können. Und irgendwie hat sich bis heute nichts daran geändert, sodass weder Marie noch Ben über dieses Kapitel in meinem Leben Bescheid wissen. Und um ehrlich zu sein, wünsche ich mir, dass es auch dabei bleibt.«

»Das verstehe ich. Aber mal was anderes: Habe ich dich vorhin am Telefon richtig verstanden, Erik ist inzwischen verlobt?«

»Ja, ist er. Er hat seine Verlobte gegenüber Schmidt erwähnt.« Sie zwang sich, gefasst zu klingen, während vor ihren Augen alles wieder verschwamm.

Lou schien den gläsernen Blick ihrer Freundin bemerkt zu haben, denn sie legte tröstend eine Hand auf Kayas Arm. Dann wechselte sie gezielt das Thema. »Und was ist mit Paul? Hast du wieder etwas von ihm gehört?«

»Ja, mit ihm war ich heute zum Dinner verabredet ... Was ich natürlich dann absagen musste. Aber wir werden das möglichst bald nachholen.«

»Toll!«, rief Lou begeistert. »Ich meine, wir wissen zwar nicht, was aus der Sache mit Paul und dir letztendlich wird, aber der Anfang klingt schon mal vielversprechend. Lass dir das von Erik bloß nicht kaputtmachen.«

»Ich verspreche dir, Paul eine Chance zu geben. Und ich verspreche dir auch, gegen meine Gefühle für Erik anzukämpfen. Seine Arroganz wird mir dabei sicher eine große Hilfe sein«, meinte sie entschlossen und nahm noch einen großen Schluck von der heißen Schokolade, die inzwischen gar nicht mehr so heiß war.

»Wollen wir noch einen Wein aufmachen, oder möchtest du lieber ins Bett? Du wirkst nämlich ganz schön mitgenommen, meine Liebe. Dein Make-up sieht aus wie ...«

»... wie nach einer durchzechten Nacht auf einer schaurigen Halloween-Party?« Sie lächelte schwach. »Um ehrlich zu sein, fühle ich mich auch genauso. Wenn es für dich okay ist, gehe ich noch kurz unter die Dusche und lege mich danach gleich schlafen.«

Lou nickte verständnisvoll und drückte sie noch einmal ganz fest, bevor sie für Kaya Duschtuch und Pyjama holen ging. »Versuch etwas zu schlafen, okay? Und morgen trinken wir einen ordentlichen Schluck Prosecco auf das Leben.«

»Ja, das machen wir! Gute Nacht. Und Lou? Danke noch mal für alles.«

Aufgewühlt stand Kaya vor Lous breiter Fensterfront. Der Ausblick, den man von hier oben auf die vielen kleinen Cafés hatte, fesselte Kaya jedes Mal aufs Neue. Eigentlich.

Denn diesmal achtete sie gar nicht auf das nächtliche Treiben unter sich, sondern starrte auf ihr Spiegelbild in der Fensterscheibe. Genau genommen hing ihr Blick am Snoopy-Pyjama, den sie in ihren Händen hielt.

Und plötzlich war das flaue Gefühl im Magen wieder da, und ihre Gedanken wanderten zurück zu einem Abend vor über sechs Jahren ...

9

Es war schon weit nach Mitternacht, und Kaya wartete sehnsüchtig darauf, dass Erik von seiner Geschäftsreise aus New York zurückkommen würde. Sie konnte es kaum erwarten, ihn wiederzusehen, seine tiefe Stimme zu hören und in seinen Armen einzuschlafen, um morgens darin aufzuwachen. Vor knapp einem halben Jahr waren sie zusammengezogen. Kaya war vom allerersten Augenblick an hin und weg gewesen von ihrem gemeinsamen Penthouse mit der durchgehenden Fensterfront, die einen atemberaubenden Blick über die Dächer Münchens bot. An manchen Tagen konnte man bis zu den Alpen sehen. Und dann noch diese tolle Dachterrasse. Sie war sehr modern eingerichtet, genau wie der Rest des Penthouses – alles edel und dennoch komfortabel, mit unauffälligen, hochwertigen Designermöbeln und wenigen ausgewählten Accessoires. An lauen Sommerabenden in Eriks Armen zu liegen und von dort aus auf die Lichter der Stadt hinabzublicken, das liebte sie am allermeisten.

Sie bemerkte, wie sich die Tür öffnete, und ihre Wangen glühten. Sie rannte auf Erik zu und geradewegs in seine Arme. Während sie ihre Hände in seinen Nacken legte und sich eng an ihn schmiegte, konnte sie seinen Herzschlag spüren. Und seinen Atem. Erik lächelte und fuhr mit seinen

Händen durch ihr Haar, danach ihren Nacken entlang, um anschließend ihren Rücken zu streicheln. Dann küsste er sie. Und wie jedes Mal, wenn er sie leidenschaftlich küsste, bekam sie auch diesmal eine Gänsehaut und vergaß alles andere um sich herum.

Oh Gott, wie habe ich dich vermisst!, dachte sie. *Wie oft habe ich nachts im Bett mit meiner Hand instinktiv nach dir getastet und bin dann aufgeschreckt, weil du nicht neben mir lagst?*

Laut sagte sie jedoch nur: »Schön, dass du wieder da bist.«

Er berührte ihr Gesicht. »Soll ich dir was verraten? Du hast mir gefehlt. Allerdings: Wenn du mich jedes Mal nach einer Geschäftsreise so leidenschaftlich begrüßt, werde ich noch viel öfter verreisen«, neckte er sie. Sie wollte gerade etwas darauf erwidern, da spürte sie seine Lippen auf ihren und bekam eine Gänsehaut – erneut.

Nachdem Erik sich wieder von ihr gelöst hatte, flüsterte er ihr ins Haar: »Übrigens, ich habe dir etwas aus New York mitgebracht.«

»Oh, Diamantohrringe von Tiffany etwa?«, fragte sie keck und schaute gespannt zu ihm hinauf.

»Nein, nicht ganz. Aber du bist schon ziemlich nah dran«, erwiderte er mit einem neckischen Augenzwinkern und überreichte ihr eine türkisblaue Box. »Ich habe es in einem kleinen Laden auf der Upper East Side gesehen, und es hat mich irgendwie an dich erinnert. Da musste ich es einfach kaufen.«

Aufgeregt öffnete sie die Box und nahm das T-Shirt vorsichtig heraus. Darauf war Snoopy abgebildet. Er hatte große, weit aufgerissene Augen.

Oberhalb des Bildes stand in schwarzer Schrift:

NO.MORE.DRINKS!

Und unterhalb:

Oh look – Champagne!!!

»Oh, das ist aber süß!«, rief sie strahlend, hielt aber im nächsten Moment inne. »Aber warum erinnert es dich an mich?«

Erik schwieg, dann zog er vielsagend die Augenbraue hoch und lächelte liebevoll zu ihr hinunter. »Zum einen, weil es eben süß ist. So wie du.«

Ein kesses Lächeln breitete sich jetzt über ihr ganzes Gesicht aus. »Okay, leuchtet mir ein. Und zum anderen?«

»Weil ich einen ähnlichen Spruch auch schon mal von dir gehört habe.«

Kaya wusste sofort, dass er auf den Abend anspielte, als sie sich kennengelernt hatten. Bei der Erinnerung daran musste sie unwillkürlich schmunzeln: Sie hatte damals eine Kunstausstellung besucht, und weil sie die Nacht zuvor in ihren Geburtstag hineingefeiert hatte, plagten sie noch immer Kopfschmerzen. Sie hatte gerade den Drink, den Lou ihr ausgeben wollte, vehement abgelehnt mit dem Hinweis, nie wieder Alkohol zu trinken, als irgendein Typ anfing, ihr Avancen zu machen. Dabei war er an Plumpheit kaum zu übertreffen: »Mit deinem dunklen Haar und den blauen Augen würdest du perfekt zu meiner Bettwäsche passen, weißt du das?«

Kaya, die augenblicklich genug von diesem Vollpfosten hatte, platzte genervt heraus: »Sagtest du eben ›blau‹? Dann habe ich ja noch mal Glück gehabt, meine Augen sind nämlich braun.« Sie wandte sich an Lou: »Ich werde mir einen Champagner gönnen.« Dann fügte sie an den Typen gerichtet hinzu: »Allein!«

Sie drehte sich um und nahm ein Glas Champagner von dem Tablett, mit dem der Kellner herumging. Als sie wieder aufsah, blickte sie direkt in die faszinierendsten Augen, die sie je gesehen hatte: ein ausdrucksstarkes Grau, umrahmt von einem dunklen Ring. Dann sagte der attraktive Fremde vor ihr mit einem leicht amüsierten Unterton in seiner tiefen Stimme: »Ich muss zugeben, der Anmachspruch mit der Bettwäsche hat was. Er toppt sogar meinen.«

»Interessant. Wie lautet denn deiner?«, fragte sie lächelnd und wünschte sich sofort, sie würde etwas gleichgültiger klingen.

»Ist es bei dir auch Liebe auf den ersten Blick, oder muss ich noch mal vorbeigehen«, sagte der Mann jetzt, ohne es wirklich zu meinen. Plötzlich fingen sie beide an zu lachen.

»Jedenfalls wird der Champagner gegen die plumpe Anmache von dem Typen nichts ausrichten können, es sei denn, du trinkst ihn mit mir«, fügte er noch hinzu.

Kaya fing seinen Blick auf und fuhr sich unschlüssig durchs Haar. Dann allerdings hielt sie inne und strahlte den Fremden vor sich an. Sie war hin und weg von diesen grauen Augen, seinen Lachfältchen, dem markanten Kinn. Sie fragte sich, wie es sein konnte, dass man ein halbes Leben vor sich hinexistierte, ohne dass irgendetwas passierte, und dann innerhalb von Sekunden plötzlich alles kopfstand.

»Ja, ich erinnere mich durchaus. Aber nur ganz dunkel«, antwortete sie jetzt keck, während ihr Blick zu ihrem neuen Snoopy-T-Shirt und dann zurück zu Erik wanderte. Da war er wieder, dieser intensive Glanz in seinen Augen, und einmal mehr wurde ihr bewusst, wie sehr sie diesen Mann doch liebte. Und wenn es auch keine Diamanten von Tiffany waren, dieses T-Shirt war für sie mindestens genauso wertvoll.

Erik strich ihr liebevoll eine Haarsträhne aus dem Gesicht. »Worauf wartest du? Los, zieh es an. Ich möchte endlich wissen, wie es an dir aussieht.«

Doch gerade als sie in das Ankleidezimmer gehen wollte, zog er sie zurück in seine Arme. »Aber beeil dich, ich habe schon viel zu lange auf diesen Moment gewartet.«

Kaya beeilte sich wirklich. Doch als sie zurück ins Wohnzimmer kam, bekleidet nur mit seinem Geschenk, sah sie, dass er mit geschlossenen Augen auf der Couch lag. Anscheinend war er so müde, dass er von einer Sekunde auf die andere eingeschlafen war.

Für ein paar Minuten stand sie einfach nur da und beobachtete, wie sich seine Brust unbeschwert hob und senkte. *Wie friedlich er doch aussieht, wenn er schläft*, dachte sie. Sie wollte ihn gerade zudecken, als er plötzlich die Augen öffnete. Das Grau darin wirkte in diesem Moment noch dunkler als sonst.

»Wow! Ich muss sagen, es steht dir hervorragend. Aber weißt du was? Ohne gefällst du mir noch viel besser«, raunte er, während seine Hände schon dabei waren, ihr das T-Shirt wieder auszuziehen.

Nur wenige Monate später war Erik aus ihrer gemeinsamen Wohnung ausgezogen. Sein Vertrauen in die Loyalität seines Freundes Jonas war offensichtlich größer als das in sie. Sosehr sie auch beteuerte, dass er falsche Schlüsse aus dem zog, was er gesehen hatte, er glaubte ihr nicht. Aber wenn Erik ihr nach all der gemeinsamen Zeit noch immer nicht vertrauen konnte, hatte er sie dann je geliebt? Die Antwort darauf war im Grunde ganz einfach: Nein, hatte er nicht. Denn emotionale Nähe basierte vor allem auf Vertrauen, da war Kaya sich sicher. Und Nähe war eine Grundvoraussetzung dafür, dass Liebe zwischen zwei Menschen überhaupt entstehen konnte. Ohne Vertrauen also keine Nähe. Und ohne Nähe wiederum keine Liebe.

Ihre Augen schwammen mittlerweile in Tränen. Kaya blinzelte sie schnell weg. Verflucht, sie wollte nicht, dass ihre Gedanken zu Erik abschweiften. Sie blinzelte erneut. Dann noch mal. Und noch mal.

Sie würde diesen Mann schon irgendwie aus ihrem Kopf verbannen. Ganz sicher würde sie das. Erik gehörte schließlich nicht mehr zu ihr. Und vielleicht hatte er auch nie zu ihr gehört.

Kaya betete inständig, dass die Dusche sie etwas beruhigen würde. Und tatsächlich, als das heiße Wasser über ihren Körper lief, konnte sie durch die Wärme langsam etwas entspannen. Während sie ihren Nacken massierte, ging sie in Gedanken noch mal ihr Erlebnis im M.U.N.I.C.H. durch.

Verflucht! Wieso konnte sie auf Erik nicht mit derselben Gleichgültigkeit reagieren, mit der er sie die meiste Zeit über angeschaut hatte? Der Erik von heute hatte wenig gemein mit ihrem Erik. Der Erik von heute war zynischer, und auch wenn seine Augen noch immer geheimnisvoll und faszinierend waren, so wirkten sie härter als früher.

Kaya seufzte tief. Oh Mann, vor ein paar Stunden war sie noch hoch motiviert gewesen, dieses Projekt zu leiten. Sie war sogar dabei gewesen, einen neuen Mann in ihr Leben zu lassen. Und jetzt befand sie sich im freien Fall.

Ob ich mich auch in Erik verliebt hätte, wenn ich ihm heute Abend zum ersten Mal begegnet wäre?, fragte sie sich. *Nun, diese Frage wirst du dir nie beantworten können, denn du kennst diesen Mann ja bereits. Und wie du ihn kennst.*

Mit diesen Gedanken stieg sie aus der Dusche.

Als sie wenig später auf Lous Couch lag, wo sie schon so manche Nacht verbracht hatte, verschwand der Mond hinter einer Wolke und tauchte das Zimmer in Dunkelheit.

Vielleicht lag es daran, dass sie bei Lou war, oder an dem emotionalen Chaos in ihrem Inneren, das sie vollkommen ausgelaugt hatte. Jedenfalls war sie, kaum dass sie die Augen zugemacht hatte, auch schon eingeschlafen.

10

»Guten Morgen, Schlafmütze. Na, geht's dir besser?«

Kaya hatte so tief geschlafen, dass sie ein paar Sekunden brauchte, um zu verstehen, wo sie überhaupt war.

»Guten Morgen. Du, erstaunlicherweise geht es mir tatsächlich etwas besser.« Sie lächelte noch müde, während sie einen staunenden Blick aus dem großen Fenster warf. Draußen glitzerte die Sonne durch die Blätter der Buche, die direkt vor dem Haus stand.

»Es ist schon elf Uhr und damit Zeit für einen Brunch. Ich hoffe, du hast großen Hunger, denn all das hier wartet darauf, gegessen zu werden.« Lou zeigte stolz auf das Tablett voller frischer Köstlichkeiten, geschmückt mit einer zart duftenden pinken Rose.

»Oh mein Gott!«, rief Kaya. Sie war begeistert von dem, was sie da sah: eine Glaskaraffe mit frisch gepresstem Orangensaft, dazu eine große Schale mit Melone, Mango, Kirschen und Erdbeeren und ein Brotkorb mit duftenden Croissants und Kürbiskernbrötchen – ihren Lieblingsbrötchen.

»Aber das ist noch nicht alles.« Lou lief schnell in die Küche und kam mit zwei Gläsern Prosecco zurück.

»Ich warne dich, wenn du mich jedes Mal, wenn ich total verheult bei dir auftauche, so verwöhnst, werde ich das in

Zukunft öfter tun«, scherzte Kaya und nahm den Prosecco, den Lou ihr reichte.

»Na, wer sagt's denn, du kannst ja schon wieder Späße machen. Also, das Büfett ist eröffnet, bitte greif zu!«

Auch wenn sie zunächst keinen Appetit verspürt hatte, kam der spätestens mit dem ersten Bissen zum Vorschein. Plötzlich konnte sie auch wieder ausgelassen lachen und für eine Weile sogar all ihre Sorgen vergessen. »Gibt es eigentlich was Neues von Maybe?«

»Ja, der rief mich gestern an und hat mich zu einem Abendessen nächste Woche eingeladen.« Lou legte eine bedeutungsvolle Pause ein. »Bei sich zu Hause.«

»Oh wow! Das nenne ich mal eine Hundertachtzig-Grad-Wendung. Und, gehst du hin?«

»Ehrlich gesagt, ich weiß es nicht. Aber wenn ich zu ihm nach Hause gehe, dann entweder in einem megasexy Outfit oder in Jeans, Schlabber-T-Shirt und Turnschuhen.« Lou grinste breit und fügte hinzu: »Weißt du, dieser Mann fasziniert mich, keine Frage. Aber dieses Auf und Ab mit ihm frisst mich innerlich auf.«

»Ja, kann ich gut nachvollziehen, immerhin geht das mit euch schon seit Monaten so. Da will man endlich mal wissen, woran man ist.« Kaya nickte verständnisvoll. »Und deswegen rate ich dir zu Jeans, Schlabber-T-Shirt und Turnschuhen. Das reduziert das Risiko, mit ihm im Bett zu landen, enorm.«

»Aber warum auf Distanz gehen, wenn ich mir doch eine feste Beziehung mit ihm wünsche?«, entgegnete Lou mit einem ratlosen Blick.

Vielsagend zog Kaya die Augenbrauen hoch und versuchte, ihre Bedenken zu erklären. »Ich weiß, wie schwierig das alles für dich ist. Und dennoch bleibe ich dabei: Wenn du mit Maybe ins Bett gehst, zieht er sich sicher wieder von dir zurück.«

Lou blickte indessen immer verwirrter drein.

»Schau: Je öfter du mit ihm schläfst, desto mehr wirst du dir von der Sache mit ihm erhoffen. Diesen Erwartungsdruck wiederum wird er spüren, und so kippt dann das Ganze.«

»Aber warum will er für mich kochen, wenn er nicht genug für mich empfindet? Das macht doch keinen Sinn.«

»Ich glaube nicht, dass er überhaupt so weit denkt. Das alles findet sicher in seinem Unterbewusstsein statt. Und auch in deinem, wenn du mich fragst. Stichwort: dein Vater.«

Lou stutzte. »Du meinst, mein schwieriges Verhältnis zu meinem dominanten Vater beeinflusst mich noch heute in der Wahl meiner Männer?«

»Ja, ich denke schon. Überleg mal, du bist extrem freiheitsliebend. Und weil du vermutlich tief im Inneren genau spürst, dass Maybe – dieser ›einsame Wolf‹ – deine geliebte Freiheit niemals gefährden könnte, hast du bei ihm auch keine Angst.«

»Du vermutest also, ich liebe ihn gar nicht wirklich? Warum werde ich dann in seiner Nähe immer so nervös und muss so oft an ihn denken, wenn er nicht bei mir ist?«

Kaya schaute Lou eindringlich in die Augen. »Nein, so war das gar nicht gemeint. Deine Sehnsucht nach ihm ist definitiv Liebe. Nur, während *du* dich zu Männern hingezogen fühlst, die deine Freiheit nicht gefährden, bewahrt *er* immer einen gewissen Mindestabstand zu einer interessanten Frau.«

»Verstehe. Und was soll ich jetzt deiner Meinung nach machen?«

»Also, ich an deiner Stelle würde auf keinen Fall seine Nähe erzwingen«, antwortete Kaya und nahm einen Schluck von dem frischen Orangensaft. »Denk an das Gummibandprinzip.«

»Was ist das nun schon wieder?«, fragte Lou.

»Das ist ein Beziehungskonzept, über das ich vor Kurzem in einer Zeitschrift gelesen habe. Stell dir Folgendes vor: In einer Beziehung sind beide Partner wie mit einem Gummiband miteinander verbunden. Jetzt bewegt sich der eine einen Schritt weg. Daraufhin entsteht eine Spannung im Band, sodass der andere ihm einen Schritt hinterhergeht, weil er diese ›unangenehme Spannung‹ nicht fühlen mag. Wenn aber der andere Partner den größeren Abstand unbedingt will, wird er sich erneut einen Schritt wegbewegen. Und dieser Schritt ist oftmals sogar größer, als es der erste war.«

»Aha. Und was genau heißt das jetzt für mich?«

»Das heißt, dass du zunächst einmal einen Schritt zurückgehen sollst und dann schauen, wie Maybe darauf reagiert. Kommt er dir dann wieder näher, wäre das ein gutes Zeichen. In diesem Fall müsstest du nur noch herausfinden, ob er auch langfristig bei dir bleiben kann.«

»Und wie finde ich das raus?«

»Indem du einen Schritt auf ihn zugehst. Sollte er sich dann zurückziehen, musst du ihn so schnell wie möglich vergessen. Denn dieser Mann wird dir nie mehr geben können. Und das muss noch nicht mal bedeuten, dass er dich nicht liebt. Womöglich liebt er dich sogar und muss genau deswegen vor dir fliehen.«

»Aber wenn er mich aufrichtig liebt, macht doch Flucht überhaupt keinen Sinn«, versuchte Lou, Kayas These zu widerlegen.

»Ja, prinzipiell schon, aber Beziehungsphobiker ticken anders. Je mehr diese Menschen jemanden lieben, desto mehr Angst haben sie davor, verletzt zu werden. Nicht selten beenden sie daher etwas Gutes von sich aus. Einfach so. Oder noch besser, sie lassen es gar nicht erst entstehen.« Kaya zuckte nachdenklich mit den Schultern. »Im Artikel stand, dass diese Menschen tief in ihrem Inneren von zwei Dingen felsenfest überzeugt sind. Erstens: Eines Tages werden sie auf jeden Fall verlassen werden. Und zweitens: Sie werden dann damit nicht umgehen können.«

Lou nickte zwar, sah aber nicht überzeugt aus.

»Lou, Maybe kann zwar tiefe Liebe für dich empfinden, aber seine Angst vor Nähe ist vielleicht einfach größer.«

Einen Moment lang schwiegen sie, dann sagte Lou: »Erstaunlich, wie oft du Sachen an mir erkennst, die mir selbst gar nicht bewusst sind. Wie gut, dass ich dich habe.« Lou hielt kurz inne, schaute aus dem Fenster und sprach anschließend wie zu sich selbst: »So wie ich auch meine eigene Angst vor Nähe bisher nicht wahrgenommen habe. Ich meine, du hast ja recht, die Aussicht, Maybe zu gewinnen, ist nahezu null. Folglich, ich muss gar nicht erst vor etwas fliehen.« Sie räusperte sich. »Das würde auch erklären, warum ich in puncto Männer so erfolglos bin. Ich suche mir ja immer die Typen, die schwer oder, besser gesagt, gar nicht zu haben sind.«

»Aber jetzt weißt du das alles ja und kannst diesmal viel besser auf dich aufpassen. Und ich finde, ein Candle-Light-Dinner in Jeans, Schlabber-T-Shirt und Turnschuhen hat auch was.«

Beide wussten, dass das mit dem Dresscode nicht ernst gemeint war, aber die Vorstellung war so bizarr, dass sie laut losprusten mussten.

11

Hi Kaya,

darf ich dich heute Abend auf einen Drink einladen? Es gab nämlich noch ein paar kleine Komplikationen bei den Vorbereitungen, und ich fliege daher erst morgen nach Madrid.

xo Paul

Vollkommen perplex blickte sie auf das Display ihres Handys. War Paul dieses Wochenende nicht in Madrid?

»Tja, offensichtlich ist er in München und will sich mit mir treffen«, murmelte sie vor sich hin. Sie wusste nicht so recht, ob sie sich über seine Nachricht freuen sollte oder nicht. Einerseits war es schön, dass er sich mit ihr treffen wollte. Andererseits brauchte sie dringend Ruhe. Ein Abend mit Paul würde zwar schön werden, ihr Wochenende wäre dadurch aber alles andere als ruhig oder gar entspannend.

Sie wog lange das Für und Wider ab, dann antwortete sie ihm.

Hi Paul,

das ist ja eine tolle Überraschung
:-) Woran hast du so gedacht?

> Ich kenne da einen Barkeeper, der
> ist für seine Cocktails in der
> ganzen Stadt berühmt :-)

Klingt gut :-) Wie heißt denn die
Bar?

> Wird noch nicht verraten. Lass
> uns um einundzwanzig Uhr am
> Odeonsplatz sagen, okay?

Du machst es aber spannend :-)
Und wie soll ich jetzt wissen, was
ich anziehen soll?

> Du kannst doch alles tragen.
> Selbst im Blaumann würdest du
> toll aussehen :-) Also, bis später.
> xo

Ja, bis später – ich freue mich :-)

Und das war noch nicht einmal gelogen. Paul wiederzusehen war etwas, worauf sich Kaya wirklich freute. Sein
charmantes Lächeln, das unbeschwerte Leuchten in seinen
Augen und dann seine unkomplizierte Art – genau das war
es, was sie im Moment am meisten brauchte.

Heute Abend wollte sie verführerisch aussehen, und ihr
eng anliegendes Kleid aus elfenbeinfarbener Seide schien

ihr dafür geradezu perfekt: Es war hochgeschlossen, dafür ärmellos und umschmeichelte ihren Körper wie eine zweite Haut. Dazu noch ihre schwarzen Pumps von Ferragamo, und das Thema Outfit wäre geklärt, dachte sie zufrieden und fühlte mit einem Mal, wie sich ihr Magen vor Aufregung zusammenzog. *Langsam*, hörte sie ihre innere Stimme sagen, *nur nichts überstürzen.*

Um etwas gegen ihre Nervosität zu tun, beschloss sie, einen Spaziergang in die Stadt zu machen.

Als Erstes schaute Kaya in ihrer Lieblingsparfümerie vorbei. Sie liebte diesen Ort über alles, war er doch voller Dinge, die das Leben schöner machten: luxuriöse Düfte, edle Accessoires und noble Kosmetik. Dort gab es ständig etwas Neues zu entdecken, und nach jedem Besuch war sie ein wenig glücklicher.

Eine ganze Weile verbrachte sie damit, an verschiedenen Parfüms zu riechen, und entschied sich schließlich für einen außergewöhnlichen pudrig-blumigen Duft. Dieser hatte etwas Edles, Anmutiges an sich und war somit genau richtig für ihr Date mit Paul.

Anschließend lief sie hinaus in den strahlend hellen Tag und blieb vor einem Zeitungsladen stehen, weil das Cover einer Zeitschrift ihr ins Auge stach. Die Überschrift war: ›Warum wir immer die wollen, die uns nicht wollen. Und wie man endlich aufhört mit den Dramen in Sachen Liebe.‹

Kayas Neugier war geweckt. Sie kaufte die Zeitschrift, setzte sich in ein Café mitten in der Fußgängerzone und fing an, darin zu lesen. ›Nur weil manche Frauen denken, dass sie es nicht wert sind, geliebt zu werden, suchen sie unbewusst nach Männern, die ihnen genau das bestätigen.

Und die wirklich interessanten Männer bemerken sie erst gar nicht.‹

Kaya blinzelte und rührte in ihrem schaumig-cremigen Latte Macchiato. Ihre Gedanken schweiften ab. Zu Paul. Und zu dem Lächeln, mit dem er sie angesehen hatte. Dieses Lächeln war so gewinnend, dass sie Paul sogar ihre Telefonnummer gegeben hatte.

Nachdenklich schaute sie auf die Straße. Für einen kurzen Augenblick nahm Kaya ihre Umgebung wieder wahr. Sie beobachtete die lachenden Menschen, die aus dem kleinen Buchladen nebenan kamen und bei dem Schaufenster des Cafés, vor dem Kaya saß, kurz stehen blieben, ehe sie ziellos an ihr vorbeischlenderten. Dann schweiften ihre Gedanken erneut ab.

Hm, wie es wohl wäre, ihn zu küssen? In diese grauen Augen zu schauen, wenn diese sich ... Halt, stopp! Pauls Augen waren nicht grau. Sie waren blau. Doch sosehr sie auch versuchte, die grauen Augen aus ihrer Vorstellung zu verbannen, es gelang ihr nicht.

Sie zwang sich, das Ganze logisch zu betrachten, sagte sich, dass Paul und Erik doch gar nichts miteinander zu tun hatten, aber es war zum Verrücktwerden: Ganz gleich, in welchen Momenten sie an Paul dachte, ganz gleich, woran genau sie dabei dachte, sie landete immer wieder bei Erik.

Was stimmt nicht mit mir?, fragte sie sich und stöhnte innerlich auf. Vor ein paar Tagen erst hatte sie einen neuen Mann kennengelernt, und mit einem Mal war Erik wieder da. Nein, das stimmte nicht. Er war nicht wirklich da. Er war ja verlobt. Und dennoch ...

Sie wusste, sie musste Erik vergessen. Das Problem dabei war, sie wusste nicht, wie.

12

Es war ein lauer Sommerabend, und die Sonne senkte sich allmählich hinter der Feldherrnhalle. Auf deren Treppe saßen junge Leute und unterhielten sich angeregt miteinander, einige hielten ein Eis in der Hand, andere einen Coffee to go. Nervös suchte Kaya den Odeonsplatz nach Paul ab. Und tatsächlich, da stand er, vor dem kleinen Café in dem weißen, stuckverzierten Haus nicht weit von ihr entfernt. Und er sah verdammt gut aus in seinem dunkelblauen Hemd: Die oberen zwei Knöpfe waren geöffnet und die Ärmel lässig hochgekrempelt, was wiederum seine Uhr von Armand Nicolet mit dem grauen Ziffernblatt und dem braunen Lederarmband perfekt zur Geltung brachte.

Paul sprach gerade am Telefon und hatte sie zunächst nicht kommen sehen. Erst jetzt, als sie vor ihm stand, blickte er sie mit einem Lächeln an, das genauso faszinierend war, wie sie es in Erinnerung hatte.

»Du, ich muss jetzt Schluss machen, wir treffen uns ja morgen in der Redaktion. Dann sprechen wir noch mal über den Erscheinungstermin«, beendete er sein Telefonat. Dann kam er Kaya näher. Er nahm ihre Hände in seine, und sein Blick war dabei so fesselnd, so intensiv, dass sie errötete. »Hi, schön, dich zu sehen. Du siehst hinreißend aus.«

»Vielen Dank, du siehst aber auch gut aus«, erwiderte sie, nachdem sie sich zur Begrüßung umarmt hatten. »Verrätst du mir jetzt, wohin wir gehen?«

»Nur so viel: Es ist eine Bar, die zu den Top-Locations der Stadt gehört.«

»Okay. Dann bin ich mal gespannt, ob ich diese Location bereits kenne.« Kaya hakte sich bei Paul unter und blickte lächelnd zu ihm auf.

Die beiden liefen Arm in Arm nebeneinander, während ihnen beim Vorbeischlendern an den zahlreichen Sehenswürdigkeiten Münchens erschöpfte Touristen mit einem Reiseführer und Eiswaffeln in der Hand entgegenkamen.

Nachdem sie eine Weile geschwiegen hatten, erkundigte sich Kaya: »Sag mal, was genau machst du eigentlich zurzeit in Madrid?«

»Ich arbeite an einer Reportage über den Konflikt zwischen Madrid und den Separatisten.«

»Ein Journalist also …«

»Korrekt. Ich bin freier Journalist für Politik und Wirtschaft«, erzählte er stolz.

»Interessant, das stelle ich mir sehr spannend und abwechslungsreich vor.«

»Ist es auch. Ich mag es, Menschen darüber zu informieren, wie was abläuft, damit sie sich ein eigenes Bild machen können. Ich finde, der Ehrliche darf nicht der Dumme sein. Und in meinem Beruf habe ich die Chance, Missstände in der Politik und in der Wirtschaft aufzudecken und damit anderen zu helfen. Es ist ein tolles Gefühl, zu sehen, wie nach meinen Artikeln Bewegung in die Dinge kommt.«

»Verstehe. Aber so etwas wie illegale Preisabsprachen und Bestechung bei Auftragsvergaben aufzudecken ist sicherlich nicht einfach.«

»Nein, ganz und gar nicht. Aber wenn mir alles über den Kopf wächst, nehme ich mir einfach eine Auszeit und gehe bergsteigen. Du musst wissen, ich verbringe jede freie Minute in der Natur. Meine nächste Station wird in drei Wochen Island sein«, erzählte Paul voller Vorfreude.

»Ich muss gestehen, ich habe bisher noch keinen Journalisten persönlich kennengelernt. Und bergsteigen war ich auch noch nicht.«

»Tja, jetzt kennst du ja mich.« Dann hielt er kurz inne. »Weißt du was? Komm mich doch nächstes Wochenende in Madrid besuchen. Ich könnte dir die Stadt zeigen.«

Sie wusste nicht, was sie darauf antworten sollte. Daher wich sie seinem Blick aus und schaute hinauf in den Himmel. Die Sonne war inzwischen noch tiefer gesunken, und eine einsame Wolke am Himmel leuchtete rosarot. Und während sie noch eifrig nach einer adäquaten Antwort auf seine Einladung suchte, standen sie schon vor einer der schicksten Bars Münchens.

»So, da wären wir. Nach dir, bitte.«

Ganz der Gentleman öffnete Paul die Tür und schob sie sanft hinein.

Kaya hielt augenblicklich den Atem an. Der Raum war in edlem, dunklem Holz gestaltet und strahlte eine entspannte, noble Atmosphäre aus. Wie zu erwarten beeindruckte die Auswahl an Drinks mit einer Extravaganz, wie Kaya sie bisher selten gesehen hatte. Die Vielfalt an Cocktails und Spirituosen war wirklich unglaublich.

»Guten Abend. Wissen Sie schon, was ich Ihnen bringen darf?«, fragte der Barkeeper die beiden.

»Ich denke, ich nehme einen Daiquiri«, antwortete Paul, und Kaya ergänzte: »Und für mich einen Hugo, bitte.«

Nachdem der Barkeeper sich die Bestellung notiert hatte, richtete Paul seine Aufmerksamkeit wieder voll und ganz auf Kaya. »Und, wie gefällt dir die Location?«

»Ich muss gestehen, ich bin beeindruckt.«

»Schön, dass es dir hier gefällt«, sagte er mit einem warmen Lächeln. Kaya lächelte zurück, und im selben Moment bemerkte sie, wie seine Augen leuchteten.

»Erzähl mir von dir«, bat er, und aus seiner Stimme sprach echte Zuneigung.

»Was möchtest du denn wissen?«

»Alles.« Er sah ihr jetzt auf eine Art und Weise in die Augen, die sie gehörig aus dem Konzept brachte.

»Ich liebe Hugo mit frischer Minze und arbeite in einer Unternehmensberatung, die spezialisiert ist auf Mergers & Acquisitions.« Sie lächelte erneut.

»M & A! Oh wow, das klingt spannend. Wie ist das Leben denn so als Unternehmensberaterin?«

»Ich persönlich mag meinen Job, er ist sehr vielfältig: internationales Umfeld, unterschiedliche Branchen und ein breites Aufgabenspektrum. Aber wie überall gibt es auch bei uns Licht und Schatten.«

»Lass mich raten: Du lebst für Zahlen, Deadlines, Präsentationen und To-do-Listen?«

»Exakt. In meinem nächsten Leben werde ich bestimmt auch so eine PowerPoint-Präsentation.«

Paul versuchte gar nicht erst, sich das Lachen zu verkneifen. »Oder ein Taschenrechner.«

»Ja, oder das. Und nicht selten komme ich mir vor wie im falschen Film: all die Meetings mit wichtigtuerischen Dummschwätzern.«

»Ich vermute, viele dieser Leute haben keine Ahnung, aber davon jede Menge.«

»Ja, genauso ist es. Und das in Kombination mit meinem autoritären Chef – Bullshit-Bingo vom Feinsten, sage ich dir. Am liebsten würde ich mir in solchen Momenten demonstrativ Ohropax in die Ohren stopfen, du weißt schon, in grellem Pink.«

»Ja, Pink würde dir sicherlich gut stehen.« Er grinste

76

breit. »Dein Chef ist also autoritär. Aber ist er denn auch so ein Dummschwätzer?«

»Nein, sein Verstand ist messerscharf. Er ist lediglich autoritär. Das ist aber schlimm genug, denn das hält die meisten davon ab, ihm Widerworte zu geben.«

»Das trifft aber nicht auf die attraktive Frau vor mir zu, nehme ich an.«

»Offen gestanden, bin ich ab und an sogar etwas zu impulsiv ihm gegenüber«, gestand sie leicht verlegen. »Was für meine Karriere nicht sonderlich förderlich ist, zumal sein Weltbild in puncto Frauen im Management extrem konservativ ist.«

»Jetzt hast du mich aber neugierig gemacht. Gib mir doch mal ein Beispiel.«

»Bisher wurde noch keine einzige Frau von ihm zur Partnerin ernannt. Und das, obwohl bei uns sehr viele und auch sehr kompetente Frauen arbeiten.«

»Strebst du denn eine Partnerschaft an?«

»Ich würde lügen, wenn ich Nein sagen würde. Allerdings habe ich die Hoffnung darauf fast schon aufgegeben.« Kaya hielt kurz inne. »Wenn du so magst, bin ich inzwischen, so wie viele andere meiner Studienfreundinnen auch, in der Realität angekommen.«

»Wie meinst du das?«

»Na ja, an der Uni war man eine Matrikelnummer. Egal ob Mann oder Frau, wenn man gelernt hat, hat man die Klausuren in der Regel auch bestanden. So einfach war das. Aber in der Wirtschaft gibt es meiner Meinung nach für uns Frauen diese Eins-zu-eins-Beziehung zwischen Leistung und Karriere nicht.«

»Ja, das glaube ich dir sofort«, bemerkte Paul mit einem zustimmenden Nicken und bat den Kellner um die Speisekarte. »Und was machst du in deiner Freizeit?«

»Ich habe kaum Freizeit«, antwortete sie wahrheitsgemaß und blickte für ein, zwei Sekunden peinlich berührt aus dem Fenster. Die rosafarbene Wolke war verschwunden, und der Himmel färbte sich allmählich nachtblau.

Zum Glück erzählte Paul darauf von seiner Studienzeit in Hamburg und seiner Arbeit in München. Und so lachten sie unbeschwert, genossen die Drinks und unterhielten sich über Gott und die Welt. Ab und an berührte er wie zufällig Kayas Handrücken, und dieses fremde Gefühl seiner Haut auf ihrer ließ ihr jedes Mal eine Gänsehaut den Arm hinaufschießen. Beinahe kam es ihr so vor, als hätte Paul ein Stück weit die hohen Mauern eingerissen, die sie seit der Trennung von Erik um sich errichtet hatte.

»Weißt du, woran ich gerade denke?« Sein Blick blieb unverwandt auf sie gerichtet. Ihr stockte der Atem.

»Nein, aber du könntest es mir ja verraten.«

»Du bist anders als die Frauen, die ich bisher kennengelernt habe. Und gerade denke ich daran, wie es wäre, dich zu küssen.« Er warf ihr einen vielsagenden Blick zu und zog sie unvermittelt an sich, um seine Lippen auf ihre zu drücken. Etwas von seiner Reaktion überrumpelt, brauchte sie zunächst ein paar Sekunden, bis sie seinen Kuss erwidern konnte. Doch dann gab sie sich ihm voll hin.

Kurze Zeit später löste sich Paul von ihr und strich ihr das Haar zur Seite. »Hm, du schmeckst und riechst hervorragend.«

Das unbeschwerte Leuchten in seinen Augen zog Kaya magisch an, und wenn er so verschmitzt lächelte, schoss ihr Hitze in die Wangen. Sie nahm ihren Drink, nippte daran und warf einen verstohlenen Blick zu Paul hinüber.

Der wiederum schaute nicht von ihr weg und lächelte sie an. »Wie machst du das nur? Du ziehst mich voll in deinen Bann. Siehst du?«

Paul nahm ihr den Cocktail aus der Hand, stellte ihn ab und beugte sich mit einem innigen Blick zu ihr. Jeden

Moment würde er sie wieder küssen. Doch mit einem Mal summte sein Handy. Er löste sich leicht von ihr, tastete mit der rechten Hand danach und drückte das Gespräch weg.

»Wie ich sehe, können Männer durchaus zwei Dinge gleichzeitig machen«, murmelte sie an seinem Hals und spielte auf seine linke Hand an, die während der ganzen Zeit ihren Rücken gestreichelt hatte.

»Wir Männer sind durchaus fähig zu ein bisschen Multitasking.« Mit jedem Wort wurde seine Stimme dunkler.

»Ich könnte dir jetzt widersprechen, aber es macht gar keinen Sinn, mit euch Männern über so ein Thema zu diskutieren. Ihr habt ja doch immer unrecht«, neckte sie ihn und brach unwillkürlich in schallendes Lachen aus, weil Paul sie jetzt spielerisch stupste.

Doch plötzlich ließ der Anblick eines grauen Augenpaars hinten in der Ecke Kaya erschrocken zusammenzucken. Hastig befreite sie sich von Paul, um sich zu vergewissern, dass ihre Sinne ihr keinen Streich spielten. Aber das taten sie nicht. Er war es wirklich. Und er war in Begleitung einer Frau, deren Gesicht Kaya von hier aus nur vage erkennen konnte.

Nervös presste sie die Lippen zusammen. Verflucht, was zum Teufel machte der denn hier? Und wer war diese Frau bei ihm? Während sie selbst zu keiner Reaktion imstande war, bemerkte sie, dass Erik sich erhob und auf sie zukam. Sein Blick war kühl, um nicht zu sagen eisig.

13

Mit jedem Schritt, den Erik sich Kaya näherte, wurde ihr immer flauer im Magen.

Jetzt stand er ganz dicht vor ihr. So dicht, dass sie den vertrauten Duft seines Aftershaves einatmen konnte. Sie kannte diesen Geruch an ihm gut. Diese Mischung aus Holz und Tabak weckte so viele Erinnerungen in ihr, dass ihr kurz schwindelig wurde. Zudem sah er in seinem blauen Leinenhemd und der dunklen Chino einfach atemberaubend aus. Eine Nebensächlichkeit, die die Sache nicht unbedingt einfacher für sie machte.

Erik richtete seinen Blick jetzt unverwandt auf Kaya und verzog dabei den Mund zu einem spöttischen Grinsen. Seine grauen Augen wirkten auch von Nahem eiskalt, schienen sie regelrecht zu durchbohren.

»Hallo Kaya, was für eine Überraschung, dich hier zu sehen.« Der Klang seiner Stimme ließ Kaya zusammenzucken. *Die Überraschung ist ganz meinerseits*, dachte sie panisch, aussprechen konnte sie es allerdings nicht; ihre Kehle war wie zugeschnürt.

»Erik Anderson, nicht wahr? Ich bin Paul Gerling. Freut mich, Sie kennenzulernen.« Paul lächelte Erik freundlich an und schien – wie jeder andere auch – von dessen Erscheinung ziemlich angetan zu sein. Nur woher kannte er Eriks Namen? Diese Frage schien sich Erik auch zu stellen.

»Kennen wir uns?« Sein Tonfall war um einiges unfreundlicher als der von Paul.

»Nicht persönlich. Ich habe aber schon viel von Ihnen gelesen. Vor allem Ihre Analyse zum Thema Chancen und Risiken im Zeitalter der Digitalisierung hat mich sehr beeindruckt.«

Erik nickte kurz, richtete dann aber wieder seinen Blick auf Kaya. »Kann ich dich kurz sprechen?«

Und ehe sie verneinen konnte, hatte er sie schon am Arm gepackt und sanft, aber bestimmt in Richtung Bartresen gezogen.

Kaum dass Kaya ihre Stimme wiedergefunden hatte, blieb sie stehen und funkelte ihn zornig an. »Entschuldige bitte, aber ich kann mich nicht erinnern, mich zu einem Smalltalk mit dir bereit erklärt zu haben. Außerdem glaube ich nicht, dass es für uns beide noch etwas zu besprechen gibt.« Vielsagend zog sie die Augenbrauen hoch. »Heute Abend nicht und auch sonst nicht.« Als ihr Blick für den Bruchteil einer Sekunde unwillkürlich zu seiner Begleiterin flog, setzte sie in etwas ruhigerem Ton nach: »Ich wünsche dir noch einen schönen Abend.«

Dann versuchte sie sich schnell an ihm vorbeizudrängen.

Erik griff jedoch nach ihrem Arm und zwang sie, stehen zu bleiben. »Ob es zwischen uns beiden noch etwas zu besprechen gibt oder nicht, das entscheidest du nicht allein. Ich habe da auch noch ein Wörtchen mitzureden. Und zu deiner Information: Du wirst mein Projekt leiten, andernfalls entziehe ich euch den Auftrag. Habe ich mich klar genug ausgedrückt?«

»Hast du. Aber dann erklär mir bitte, was das gestern Abend sollte?« Sie blickte ihm in die Augen in der Hoffnung, auf irgendeine Weise zu ihm durchdringen zu können.

»Wovon genau sprichst du?«

»Leidest du inzwischen an Amnesie?« Am liebsten hätte sie ihn angeschrien. »Du hast gestern doch selbst gesagt, sollte jemand besser für die Projektleitung geeignet sein als ich, dann ...«, sie machte eine kurze Pause, um ihren Worten Nachdruck zu verleihen, »dann würdest du auch einen anderen Projektleiter akzeptieren.«

»Ach, das meinst du. Tja, das gilt nicht mehr. Inzwischen habe ich noch einmal über alles nachgedacht und bin zu dem Entschluss gekommen, dass du für mein Projekt am besten geeignet bist. Und mit weniger gebe ich mich nun mal nicht zufrieden.«

»Woher willst du das wissen? Du kennst meine Kollegen doch gar nicht!«, entgegnete sie aufgebracht. Ihre Stimme wurde mit jedem Wort lauter und schriller.

»Das sagt mir eben mein Instinkt, und auf den kann ich mich immer verlassen«, gab er ihr so arrogant als Antwort zurück, dass Kaya scharf ausatmete.

»Du erinnerst dich hoffentlich noch: Menschen können sich täuschen.«

»Ich habe mich schon gefragt, wann du wieder damit anfängst.«

»Das heißt?«

»Du wiederholst dich.«

»Aber nur, weil es bei dir nicht ankommt. Wie dem auch sei, es wäre jedenfalls nicht das erste Mal, dass dein Instinkt kläglich versagen würde. Also wage es nicht, hier den Allwissenden zu spielen!« Kaya war sich bewusst, dass sie sich ganz offensichtlich nicht mehr auf das Geschäftliche bezog. Und es war ihr egal.

»Da irrst du dich aber gewaltig. Mein Instinkt funktioniert sogar sehr gut«, widersprach er ihr scharf. »Im Übrigen kam mir das, was ich vorhin gesehen habe, mit dir und deinem *Paul* –«

Er brachte es fertig, Pauls Namen derart geringschätzig klingen zu lassen, dass Kaya ihm schroff ins Wort fiel: »Du machst dich ja lächerlich!«

»Was genau meinst du?«

»Wie, weiß das dein Instinkt etwa nicht?« Kayas Wangen glühten so heiß, als würde sie jeden Moment explodieren.

Erik hingegen fuhr unbeirrt fort: »Ich kann keine Gedanken lesen.«

»Du machst dich lächerlich – soll heißen: Die Sache mit Paul geht dich nichts an!«

»Ich sage nur, dass mir das, was ich vorhin gesehen habe, durchaus bekannt vorkommt.« Dann hielt er plötzlich inne. Aber nur, um anschließend mit einer noch ausgeprägteren Verachtung in der Stimme weiterzusprechen: »Und da dein Gedächtnis offenbar keine Lücken aufweist, können wir uns die Details ja sparen.«

Sie hatte ihre Hand zu einer Faust geballt, um den Drang zu unterdrücken, ihm eine heftige Ohrfeige zu verpassen. Auf keinen Fall durfte sie sich von ihm zu etwas hinreißen lassen, das sie später bereuen würde. Sie zwang sich zu ein paar ruhigen Atemzügen, während sie den Blick langsam durch die Bar schweifen ließ. Eine Gruppe teuer gekleideter Frauen stand am Tresen, während der Barkeeper einen Cocktail mixte. Dabei klang das Geräusch der anschlagenden Eiswürfel gedämpft durch das laute Stimmengewirr.

Kaya blickte wieder Erik an. Sie schob ihre Wut beiseite und öffnete ihre verkrampfte Faust. Irgendwie fand sie auch ihre Worte wieder, sogar ein steifes Lächeln huschte über ihr Gesicht. Und obwohl sie innerlich immer noch bebte, wirkte sie nach außen gefasst. »Hast du außer der Sache mit der Projektleitung noch irgendetwas mit mir zu besprechen oder darf ich jetzt wieder gehen?«

»Danke, das wäre es fürs Erste«, ließ Erik kühl und knapp verlauten.

»Gut, freut mich zu hören. Ich kann mir diesen Schwachsinn nämlich nicht länger anhören.« Als er nichts darauf erwiderte, fügte sie hinzu: »Also dann, einen schönen Abend dir noch.« Eigentlich wollte sie nichts weiter zu ihm sagen, aber bevor sie es verhindern konnte, sprudelten die Worte einfach so aus ihr heraus. »Du solltest deine Begleitung nicht zu lange auf dich warten lassen, das wäre nämlich etwas unhöflich von dir.«

»Eifersüchtig?« Erik durchbohrte sie mit einem arrogant-durchdringenden Blick und brachte sie damit von einer Sekunde zur anderen erneut auf hundertachtzig.

»Du hältst dich für dermaßen schlau.« Sie stockte, holte tief Luft und fuhr anschließend mit beißender Ironie in der Stimme fort: »Warum beantwortest du dir diese Frage nicht einfach selbst?!«

Kurz wirkte er, als wollte er ihr widersprechen, doch dann schien er es sich anders zu überlegen. Das erdrückende Schweigen, das nun folgte, war nur schwer zu ertragen, und zum ersten Mal bemerkte Kaya eine leichte Unschlüssigkeit in seinem Gesicht. Seine harten Züge wirkten irgendwie weicher, sein Blick schien ihr nicht mehr so kalt wie zuvor. Absurderweise fühlte sie sich dadurch noch hilfloser.

Erik legte eine Hand in den Nacken und atmete tief ein. Ganz offensichtlich war auch er diese Diskussion mittlerweile leid. »Kaya, das alles führt doch so zu nichts. Können wir nicht wie zwei erwachsene Menschen miteinander reden?«

»Ich kann das durchaus. Bei dir bin ich mir da nicht so sicher.« Sie schloss für ein paar Sekunden die Augen. »Am besten lassen wir es für heute gut sein, okay?«

Er rieb sich die Wange, wirkte beinahe so, als ob er selbst nicht genau wüsste, was er noch sagen sollte. »Ja, okay.«

Einen Moment lang schwiegen sie wieder beide. Dann

hatte sie den Eindruck, dass er mit sich haderte. »Kaya, ich möchte, dass du weißt –«

Weiter kam er nicht, denn plötzlich legte sich eine schlanke Hand mit Chanel-rot lackierten Nägeln auf seine Hüfte, was ihn augenblicklich verstummen ließ.

Die Frau schmiegte sich eng an ihn und blickte lächelnd zu ihm auf. Wie eine Katze, dachte Kaya und fühlte, wie sich ihr Hals zuschnürte.

»Schatz, wo bleibst du denn so lange?«, hörte sie wie von Weitem die attraktive blonde Frau mit süßer Stimme fragen. Sie konnte genau spüren, wie sie von ihr auf eine unglaublich hochnäsige Art von oben bis unten gemustert wurde. Als ihr Blick schließlich Kayas Augen erreichte, war darin deutlich zu lesen: Dieser Mann gehört mir.

Jetzt, da seine Verlobte direkt vor ihr stand, musste Kaya zugeben, dass die Frau vollkommen war: Sie hatte ein fein geschnittenes Gesicht mit mandelförmigen blauen Augen, die von langen Wimpern umrandet waren. Ihre blonden Haare trug sie offen und glatt, und sie bildeten einen schönen Kontrast zu dem engen schwarzen Kleid, das ihre perfekte Figur zur Geltung brachte.

»Darling, willst du uns denn nicht vorstellen?«, wollte die Frau jetzt von Erik wissen. Sie hatte ein charmantes Lächeln auf den Lippen, klang aber nicht sonderlich interessiert.

Er nickte, und sein Blick wurde sogleich sanfter. »Aber ja, natürlich. Anne, das ist Kaya. Kaya wird die strategische Leitung meines neuen Projekts übernehmen. Kaya, das ist Anne, meine Verlobte.«

Kaya redete sich ein, dass die letzten beiden Wörter ihr nichts ausmachten. Aber das stimmte nicht. Sie trafen sie mit einer derartigen Wucht, dass sie darunter zu wanken drohte. Das war alles nicht neu. Aus seinem Mund hatte sie es auch schon gehört. Aber es zu hören, während beide Arm in Arm vor ihr standen, war einfach zu viel für sie. Am liebsten wäre sie auf dem Absatz umgekehrt und geflüchtet, aber das konnte sie nicht. Also nickte sie dieser Anne kurz zu und versuchte, tief Luft zu holen. Dabei atmete sie jedoch den Duft des sündhaft teuren Parfüms ein, den Annes Haut verströmte. Diese wiederum wandte sich, ohne mit der Wimper zu zucken, von Kaya ab und konzentrierte sich stattdessen voll und ganz auf Erik.

»Wie lange dauert das denn noch? Ich fange schon an, mich zu langweilen, so ganz allein«, beschwerte sie sich und schmiegte sich noch enger an ihn.

»Darling, ich hab hier nur noch ganz schnell was Geschäftliches zu klären. Dann bin ich wieder bei dir, versprochen.« Ein zärtlicher Ausdruck stand in seinem Gesicht, und sein Lächeln war derart liebevoll, dass Kaya einen Stich im Herzen spürte. Plötzlich hasste sie ihn. Hasste ihn dafür, dass es so schmerzhaft war, mit anzusehen, wie er jemand anderen ›Darling‹ nannte.

Zu ihrer Erleichterung schlenderte seine Verlobte jetzt mit einem Grinsen, das mit einem ehrlichen Lächeln kaum Ähnlichkeit hatte, an den Tisch zurück. Kaya schaute dieser Anne hinterher, sah, wie geschmeidig sie ihre langen Beine bewegte. Sie stellte sich vor, wie Anne und Erik einen Spaziergang durch den Hyde Park machten. Hand in Hand. Oder Arm in Arm durch die Oxford Street bummelten. Die Vorstellung trieb ihr Tränen in die Augen.

Unglaublich, aber noch nie hat mir jemand eine so offene Feindseligkeit entgegengebracht wie diese Tussi, dachte sie grimmig und rief Anne leicht zynisch hinterher: »Es hat mich ebenfalls gefreut, Sie kennenzulernen.«

Sie ließ ihre Worte noch etwas wirken, dann meinte sie zu Erik: »Ich finde, sie passt perfekt zu dir. In puncto Arroganz jedenfalls scheint ihr euch beide nichts zu nehmen.«

Aber darauf ging er gar nicht ein. Alles, was er erwiderte, war: »Entschuldige bitte die Unterbrechung.«

»Du brauchst dich nicht zu entschuldigen.« Sie lächelte schwach und hoffte, dass es nicht so gezwungen aussah, wie es sich anfühlte. »Wir waren ohnehin fertig.« Mit einem Mal fühlte sie sich ziemlich erschöpft und niedergeschlagen. Ein wenig so, als müsste sie weinen.

Er wischte sich abwesend über das Gesicht. Dann sah er ihr in die Augen, hielt ihrem Blick einen Moment stand, und als könnte er ihre Gedanken erraten, nickte er schließlich. »Okay, ich bringe dich schnell noch zu ihm zurück.«

»Bemüh dich nicht, ich finde den Weg schon allein«, entgegnete Kaya prompt und drehte sich von ihm weg.

Zu ihrer Genugtuung war Erik wie vor den Kopf gestoßen. Zumindest wirkte er so, denn sie konnte seinen Blick noch lange Zeit auf ihrem Rücken spüren. Ganz offensichtlich war er es nicht gewohnt, dass man ihn einfach so stehen ließ.

Den Rest des Abends versuchte sie, den Knoten in ihrem Magen zu ignorieren und vor Paul fröhlich und entspannt zu wirken. Und obwohl ihr kaum danach zumute war, ließ sie sich ab und an von ihm küssen. Kurze Zeit später verließ sie gemeinsam mit Paul die Bar. Der Blick, den sie beim Hinausgehen in Eriks Richtung werfen konnte, war nur kurz, doch er genügte, um festzustellen, dass er ihnen nachschaute.

14

Das schrille Klingeln des Weckers riss Kaya regelrecht aus dem Schlaf. Helles Tageslicht fiel durch ihr Schlafzimmerfenster, durchbrochen nur von den Lamellen der weißen Jalousie, und man konnte erahnen, dass draußen ein heißer Tag heraufzog.

Ein, zwei Minuten lag sie noch in ihrem Bett, während ihre Gedanken wieder um Erik kreisten, dem sie quasi schutzlos ausgeliefert war. Sie hatte wirklich versucht, die Ereignisse der letzten Tage hinter sich zu lassen, jedoch vergebens.

Als sie nach der Dusche mit einem doppelten Espresso an ihrer Schminkkommode saß und sich dabei in dem großen silbernen Spiegel betrachtete, sah sie in zwei aufgequollene Augen in einem blassen, erschöpften Gesicht und zuckte zusammen. Ihr allererster Gedanke war: So kann ich mich auf keinen Fall im Büro blicken lassen. Also eilte sie direkt wieder ins Bad, um ihr Gesicht mit eiskaltem Wasser zu kühlen.

Anschließend trug sie Wangenrouge, einen Concealer und Wimperntusche auf, bevor sie ihr Make-up mit einem Lipgloss vollendete, der ihren Lippen eine rosige Nuance verlieh.

Na, wer sagt's denn, dachte sie, stolz auf ihr Werk. *Make-*

up mag vielleicht nicht glücklich machen, aber schöner macht es allemal. Jetzt fehlt nur noch das passende Outfit, sagte Kaya sich und entschied sich für ein grünes Kleid, das smaragdfarben schimmerte und ihre braunen Augen gut zur Geltung brachte.

Im Büro fiel ihr Blick gleich als Erstes auf das Telefon, das auf ihrem Schreibtisch blinkte.

Gespannt hörte Kaya die Nachricht ab: »Hier ist Schmidt. Ich erwarte Sie um zehn Uhr im großen Besprechungsraum.«

Unwillkürlich runzelte sie die Stirn.

Na, der Tag im Büro fängt schon gut an, dachte sie sich. *Wer weiß, was er so früh am Morgen wieder von mir will. Nein, stimmt nicht, ich weiß genau, was er so früh am Morgen von mir wollen könnte. Best-Case-Szenario: mich wegen meines Verhaltens beim Dinner mit Erik schroff zurechtweisen. Worst-Case-Szenario: mich feuern. Fristlos. Nachdem er mich zuvor schroff zurechtgewiesen hat, versteht sich.*

»Hey Kaya, alles klar?« Vor ihr stand Marie und schaute sie mit einem strahlenden Lächeln an.

»Um ehrlich zu sein, nein«, beantwortete sie die Frage wahrheitsgemäß und erzählte ihr vom anstehenden Meeting mit Schmidt.

»Oh weh.« Marie blickte Kaya mitleidvoll an.

»Du sagst es.«

»Hast du eine Idee, worum es dabei gehen könnte?«

»Ja, schon. Aber das macht die Sache nicht wirklich besser.«

»Lass mich raten: unser neuer Kunde? Ben erwähnte nämlich gestern etwas von einer wichtigen Besprechung mit ihm und Schmidt gleich heute in der Früh.«

Normalerweise hätte sie an der Stelle sofort nachgehakt, weshalb Marie Ben an einem Sonntag getroffen hatte. Aber die Erkenntnis, jeden Augenblick Erik wiedersehen zu müssen, ließ sie alles um sich herum vergessen.

»Apropos Schmidt, wie war denn euer Dinner am Freitag? Hast du auch brav beim 0:0 von Bayern gegen Arsenal nicht nach dem Halbzeitstand gefragt?« Marie schmunzelte.

»Das Dinner war okay, ein ganz normales Geschäftsessen. Nichts Besonderes. Und ja, ich habe mich brav an alle Anweisungen vom Chef gehalten«, schwindelte sie lächelnd und betete im Stillen, dass Marie ihr diese dreiste Lüge abkaufte.

»Hm, erst diese ganze Geheimnistuerei und dann nur ein ganz normales Essen? Wie enttäuschend. Und New York? Seid ihr darauf wenigstens zu sprechen gekommen?«

Kaya gab sich größte Mühe, beiläufig zu klingen. »Nein, sind wir nicht. Erik Anderson lebt gar nicht in New York, sondern in London.«

»Was? Erik Anderson von *Anderson Communications*?!«, rief Marie fasziniert. »Das ist ja ein Ding!«

»Ja, und wie!« Fast wollte sie laut loslachen.

»Wow, wenn er in echt auch so charismatisch und sexy ist, wie er in den Medien immer dargestellt wird, bist du ein echter Glückspilz.«

»Glaub mir, ich kann mein Glück selbst kaum fassen.« Kaya wusste nicht so recht, wohin mit sich, und versuchte daher, einen nicht vorhandenen Fussel von ihrem Kleid zu entfernen. »Sag mal, du weißt nicht rein zufällig, wo Ben gerade steckt, oder?«

»Habe ich etwa gerade meinen Namen gehört?« Ben stand plötzlich gut gelaunt neben ihr. Kayas Blick wanderte jetzt instinktiv von ihm zu Marie und wieder zurück. Dabei bemerkte sie, mit welch grenzenloser Zuneigung Marie Ben anstrahlte. Und auch Ben wirkte so glücklich, wie Kaya ihn noch nie zuvor gesehen hatte.

»Was kann ich denn für dich tun?« Ben schaute sie interessiert an.

»Es geht um das Kick-off-Meeting mit *Anderson Communications*. Kommst du mit?«

»Ja, ich bin dabei.« Er schaute kurz auf seine Armbanduhr und warf Kaya dann einen Lass-uns-am-besten-gleich-losgehen-Blick zu.

»Okay, dann los.« Sie schnappte sich ihren Notizblock und eilte in Richtung der Besprechungsräume.

Vor der Tür hielt Kaya unvermittelt inne. Sie dachte an Eriks kühle, arrogante Miene, und mit einem Mal fiel ihr das Atmen schwer. Also versuchte sie, schneller zu atmen, doch je mehr sie es erzwingen wollte, desto weniger Luft bekam sie.

»Na los, worauf wartest du denn?« Ohne ihre Antwort abzuwarten, öffnete Ben an ihrer Stelle die Tür, und sie betraten gemeinsam den Raum.

Der Konferenzraum war groß, lichtdurchflutet und sehr modern eingerichtet. Die Wände waren weiß gestrichen, und aus der breiten Fensterfront hatte man eine tolle Aussicht auf die gewaltige Glaskuppel des Münchner Justizpalastes.

Kaya zwang sich zu einem professionellen Lächeln und richtete ihren Blick gespannt auf den Besprechungstisch. Dort saßen bereits Schmidt und zwei weitere Personen, die sie nicht kannte. Erik war zum Glück nicht dabei.

»Kaya, Ben, setzen Sie sich. Ich dachte schon, Sie beide kommen gar nicht mehr«, knurrte Schmidt mit einer Ungeduld in der Stimme, die nichts Gutes verhieß.

»Guten Morgen. Freut mich, Sie kennenzulernen. Entschuldigen Sie bitte die Verspätung«, grüßte Ben freundlich und reichte den Fremden die Hand.

Ohne lange zu überlegen, tat es Kaya ihm nach und nahm neben Schmidt und gegenüber von Ben Platz. Während Schmidt ein paar einleitende Worte in die Runde sprach, nutzte sie die Gelegenheit, sich einen ersten Eindruck von Eriks Leuten zu machen. Wie sie gerade erfahren hatte, hieß der Mann Robert Rainer und arbeitete als Rechtsanwalt bei *Anderson Communications. Auf den ersten Blick recht sympathisch*, dachte Kaya. Anschließend schaute sie zu Beatrice Hall, der Leiterin der Strategieabteilung. Ob diese Beatrice ihr sympathisch war oder nicht, konnte sie auf die Schnelle nicht sagen. Was sie aber sagen konnte, war, dass sie einen sehr kompetenten Eindruck erweckte.

»Und jetzt übergebe ich an Kaya Martens, Ihre Projektleiterin«, hörte sie Schmidt, woraufhin sich plötzlich alle Augen auf sie richteten.

Auf der Suche nach ein paar einleitenden Worten riskierte sie einen flüchtigen Blick zu Schmidt, doch der sah inzwischen dermaßen ungeduldig aus, dass sie ganz schnell wieder wegschaute. Also ging sie gleich ins Detail. »Die kleine und mittelständische Verlagsindustrie hat in letzter Zeit stark unter dem strukturellen Wandel gelitten. Vor allem die Tatsache, dass Werbung zunehmend ins Internet abwandert, resultiert in einem Veränderungsdruck auf die klassischen Geschäftsmodelle.«

Als sie bemerkte, dass Schmidt ungeduldig die Stirn runzelte, stieg ihr die Röte ins Gesicht.

»Na, dann ist es ja gut, dass *Anderson Communications* kein mittelständisches oder gar kleines Unternehmen ist, sondern führend in dieser Branche«, sagte er.

Dieser Mann lässt einen aber auch nie ausreden, dachte Kaya verärgert und räusperte sich, bevor sie einen Schluck Wasser nahm.

»Mich interessieren die finanziellen und strategischen Rahmenbedingungen, unter denen kleine und mittelständische Verlage arbeiten müssen, durchaus. Schlussendlich sind es ihre Schwächen, die uns Beteiligungen an ihren Portfolios ermöglichen«, hörte sie plötzlich Eriks tiefe Stimme hinter sich.

Verblüfft drehte sie sich um. Sie hatte ihn nicht kommen gehört und wusste auch nicht, wie lange er schon hinter ihr gestanden hatte. Sie wusste nur, dass er gerade vor ihrem Chef Partei für sie ergriffen hatte, wofür sie ihm wirklich dankbar war. Auf der Suche nach dem Warum blickte sie ihm direkt in die Augen. Die aber waren unergründlich.

»Ganz wie Sie wünschen, Herr Anderson«, murrte Schmidt, der Widerrede nicht gewohnt war. Dabei wirkte er derart verstört, dass Kaya unwillkürlich schmunzeln musste.

Erik nahm jetzt neben ihr Platz und bat sie freundlich, mit ihrem Vortrag fortzufahren. Im Anschluss daran stellten seine beiden Mitarbeiter *Anderson Communications* vor und legten die ambitionierten Ziele dar, die sich das Unternehmen selbst gesetzt hatte. So erfuhr sie unter anderem, dass Erik einen einst kleinen Verlag durch seinen ausgeprägten Sinn für neue Geschäftsideen zu einem der Marktführer im Verlagswesen in Großbritannien und den USA gemacht hatte. Dabei wurde ihr eines bewusst: Wenn man bedachte, in welch bemerkenswert kurzer Zeit ihm all das gelungen war, ahnte man, mit welcher Dynamik Erik auch dieses Projekt vorantreiben würde.

»*Anderson Communications* beschäftigt zurzeit um die achthundert Mitarbeiter und erzielt einen jährlichen Umsatz von etwa fünfhundert Millionen Euro. Von der Zusammenarbeit mit Ihnen erhoffen wir uns eine schnelle Expansion im mittel- und südeuropäischen Markt bei zugleich hoher Gewinnspanne. Dieses ambitionierte Ziel wollen wir konkret durch Übernahmen erreichen, die unser bereits bestehendes Angebot an Büchern und Zeitschriften gezielt um neue Ressorts erweitern sollen«, beendete Eriks Mitarbeiterin souverän ihre Ausführungen und blickte mit einem gewinnenden Lächeln in Eriks Richtung.

»Vielen Dank, Bea.« Er nickte zufrieden. »Ich denke, damit hätten wir zunächst einmal die wichtigsten Eckdaten geschildert. Nähere Details lassen wir Ihnen in den nächsten Tagen zukommen.« Er sagte an Kaya gewandt: »Könnte ich bitte einen ersten Entwurf Ihres Konzepts in spätestens zwei Wochen erhalten?«

Das war keine Frage. Erik wollte allen Ernstes in zwei Wochen ein aussagekräftiges Konzept haben. Normalerweise brauchte sie für so etwas mindestens fünf bis sechs Wochen.

Ben schien ihre Bedenken zu teilen. »Herr Anderson, aufgrund der Komplexität dieses Projekts dürften zwei Wochen leider nicht ausreichen.«

»Ben, Herr Anderson verfügt über ausreichend Erfahrung auf diesem Gebiet. Er weiß, was er von uns erwarten kann und was nicht. Es ist ja schließlich nicht das erste Mal, dass sein Unternehmen expandiert«, explodierte Schmidt postwendend.

Währenddessen schaute Kaya aufmerksam von Ben zu Schmidt und dann von Schmidt zu Erik. Gespannt wartete sie auf Eriks Reaktion. Der schien jedoch weder auf Bens noch auf Schmidts Kommentar eingehen zu wollen.

Hm, wahrscheinlich findest du zwei Wochen sogar noch großzügig kalkuliert, hätte sie ihm am liebsten direkt ins Gesicht geschleudert.

»Okay, wenn es keine weiteren Fragen mehr gibt, schlage ich vor, dass wir uns in zwei Wochen wiedersehen«, sagte Erik in seiner bestimmenden Art, die Kaya von einer Sekunde auf die andere zur Weißglut brachte.

Instinktiv wanderte ihr Blick in Bens Richtung. Er wirkte

so, als ob er etwas anmerken wollte. Sie zog die Augenbrauen hoch, legte ein süffisantes Lächeln auf und machte eine abwehrende Handbewegung in seine Richtung, wie um zu sagen: ›Lass bloß gut sein, mit diesem Egozentriker kann man nicht vernünftig reden.‹ Blöd nur, dass beiden – Erik und Schmidt – der spöttische Blick, den sie dabei zeigte, nicht verborgen blieb.

»Haben Sie etwa noch Fragen?«, wollte Erik jetzt in einem scharfen Ton von ihr wissen und fixierte sie mit einem kühlen Lächeln. Als sie den Kopf schüttelte, wandte er den Blick wieder von ihr ab.

Im Raum herrschte jetzt eine Spannung, die geradezu greifbar war. Kaya wusste sich nicht anders zu helfen, als das Gespräch wieder auf den fachmännischen Kurs zurückzulenken. »Wir werden unterschiedliche Expansionsmodelle in den einzelnen Ländern verfolgen. Je nach den rechtlichen Rahmenbedingungen entscheiden wir individuell zwischen Übernahmen, Joint Ventures oder stillen Beteiligungen.« Dann räusperte sie sich und gab sich alle Mühe, natürlich zu klingen. »Herr Anderson, ich kann mir vorstellen, dass ein viel beschäftigter Manager wie Sie noch andere Themen auf dem Tisch hat. Daher biete ich Ihnen an, das weitere Vorgehen hierzu direkt mit Frau Hall und Herrn Rainer zu vereinbaren.«

Kaya hörte, wie Schmidt scharf die Luft einsog, sah, dass selbst Ben entsetzt dreinblickte, und spürte, wie Erik sich alle Mühe gab, sich zu beherrschen. Als ihre Blicke sich trafen, schaute er dermaßen wütend aus, dass sie ihre Augen schnell senkte.

»Ich denke, von meiner Seite ist jetzt alles gesagt. Ich wünsche Ihnen noch einen schönen Tag«, hörte sie ihn trocken erwidern.

Schmidt antwortete betreten: »Herr Anderson, wir freuen uns wirklich sehr auf die Zusammenarbeit mit Ihnen.

Wir werden Sie nicht enttäuschen, darauf gebe ich Ihnen mein Wort.«

Erik verabschiedete sich zunächst höflich von Schmidt und Ben und wandte sich dann mit gefährlich ruhiger Stimme an Kaya: »Wenn Sie noch ein paar Minuten Zeit haben, möchte ich mit Ihnen unter vier Augen sprechen.«

Sie wünschte, sie könnte mit einem völlig unbeteiligten Gesichtsausdruck den Raum verlassen, so, als hätte sie ihn nicht gehört. Aus einem ihr unerfindlichen Grund waren aber alle anderen schneller als sie, und so blieb sie allein mit Erik zurück.

Mit einem Mal war es still. So still, dass man eine Stecknadel hätte fallen hören können. Er stand mit wutverzerrtem Gesicht vor ihr, und Kaya fühlte, wie ihr Körper unter seinem durchdringenden Blick bebte.

»Ich höre«, sagte er knapp.

Ihr Herz raste, doch irgendwie gelang es ihr, sich nichts anmerken zu lassen. Obwohl nicht der geringste Zweifel bestand, worauf er hinauswollte, beschloss sie, sich einfach dumm zu stellen. »Und was genau willst du hören, wenn ich fragen darf?«

»Wie wäre es zunächst mal damit: Danke, Erik, dass du mir gleich zu Beginn dieses Meetings beigestanden hast?«

»Okay. Erik, tausend Dank. Das vorhin war einfach unglaublich nett von dir.« Dann hielt sie einen kleinen Moment inne und blickte ihn mit einem provokativen Lächeln an. »Und? Bist du jetzt zufrieden?«

»Kaya, wenn du nicht sofort –«

»Und nun entschuldige mich bitte«, unterbrach sie ihn mit einem finsteren Gesichtsausdruck. »Aber ich muss in zwei Wochen ein Konzept ausgearbeitet haben. Und zwar für einen Egozentriker, der glaubt, dass alle nach seiner Pfeife tanzen müssen.«

»Herrgott, Kaya!«, rief Erik fuchsteufelswild.

»Was ist? Willst du etwa behaupten, es wäre anders?«, konterte sie scharf und griff hastig nach ihrem Notizblock, in der Hoffnung, schon in wenigen Sekunden auf der anderen Seite der Tür zu sein. Und weit weg von diesem Mann.

Erik aber ließ sich ihr paraphrasiertes ›Du kannst mich mal!‹ nicht bieten. Er lehnte sich gegen die Tür und versperrte ihr so den Weg nach draußen. Dann spürte sie seine Finger auf ihrem Arm und musste hilflos zusehen, wie er sie ganz dicht an sich heranzog. Viel zu dicht, wie Kaya feststellte. Denn als sie seinen Atem auf ihrer Haut spürte, wurde sie von dem Verlangen überrollt, ihre Hände um seinen Nacken zu legen und ihn leidenschaftlich zu küssen. Wie einst.

Verdammt! Warum sehne ich mich immer noch danach, ihm wieder nahe zu sein? Trotz allem, was er mir angetan hat?

Sie fühlte sich verstört und zutiefst enttäuscht von sich selbst. Zumal er nicht das geringste Verlangen nach ihr zu verspüren schien.

Ganz im Gegenteil, denn als er nun zu ihr herabschaute, sagte er mit einer kalten, gefühllosen Stimme: »Du enttäuschst mich, ich hätte mehr Professionalität von dir erwartet. Wenn du meine Mitarbeiterin wärst, hätte ich dich nach deinem Auftritt vorhin fristlos gefeuert.«

Angriffslustig starrte sie ihn an. »Das heißt, du bist endlich zur Vernunft gekommen und erklärst dich auch mit einem anderen Projektleiter einverstanden? Mit einem, der – sagen wir mal – eine gewisse Professionalität an den Tag legt, die auch deinen Ansprüchen genügt?«

Weiter kam sie nicht, denn was nun folgte, traf sie völlig unvorbereitet: Seine Miene änderte sich schlagartig, und er zog sie noch enger an sich. Er war ihr jetzt gefährlich nahe. So nahe, dass sie sogar seinen Atem an ihrem Hals spüren konnte.

Sie fuhr sich mit der Hand durchs Haar und hielt die Luft an. Diesmal jedoch nicht vor Wut. Dann schaute sie langsam zu ihm auf und konnte den Blick nicht wieder von ihm abwenden. Sie sah den dunklen Schimmer in seinen Augen, fühlte seine Hände auf ihren Hüften und wusste ganz genau, was als Nächstes passieren würde.

Erik beugte sich zu ihr hinunter und küsste sie. Aber es war kein liebevoller Kuss. Vielmehr war es ein Kuss voller Wut, sodass sie mit aller Kraft versuchte, sich von ihm zu lösen. Aber es gelang ihr nicht. Wann aus diesem wütenden Kuss ein leidenschaftlicher wurde, konnte sie nicht sagen. Irgendwann hörte sie auf, sich gegen ihn zu wehren, und erwiderte seinen Kuss voller Hingabe.

Stopp! Was zum Teufel mache ich hier eigentlich?, dachte Kaya entsetzt und befreite sich ruckartig aus seiner Umarmung. Sie neigte den Kopf, um ihm nicht in die Augen sehen zu müssen.

»Erik, ich …«, begann sie, brach dann jedoch ab. Mittlerweile war sie nicht mehr imstande, ihre Gedanken in Worte zu fassen.

Er hob ihr Kinn an, fuhr mit dem Daumen über ihre Wange und legte seinen Finger auf ihre Lippen. »Pscht! Nicht jetzt.«

Urplötzlich wurde sie von einer enormen Wut erfasst. Sie stieß ihn mit voller Wucht von sich. »Was heißt denn bitte ›nicht jetzt‹?! Und überhaupt, du erwartest von mir die Professionalität, Berufliches von Privatem zu trennen, verhältst dich selber aber alles andere als professionell. Genau genommen verhältst du dich sogar übergriffig. Oder glaubst du allen Ernstes, ich würde wollen, dass du mich küsst?«, fragte sie mit einem schrillen Lachen. Noch bevor er darauf antworten konnte, fuhr sie aufgebracht fort: »Hast du dich eigentlich jemals gefragt, wie es damals für mich war, als du

ohne ein Wort gegangen bist und ich danach sehen konnte,
wo ich bleibe?«

Ihre gespielte Selbstsicherheit platzte wie eine Seifenblase. Und weil ihre Augen auf einmal in Tränen schwammen,
wandte sie sich ruckartig von ihm ab. »Ich muss hier weg«,
sprach sie mit zittriger Stimme mehr zu sich selbst als zu
ihm. Dann drängte sie sich an ihm vorbei und stieß die Tür
auf. Doch bevor sie aus dem Raum stürmte, zwang sie sich,
sich noch ein letztes Mal zu ihm umzudrehen. »Weißt du
was? Scher dich zum Teufel. Und deine Arroganz nimmst
du am besten gleich mit.« Sie kämpfte darum, ihre Stimme
wieder unter Kontrolle zu bringen. »Und noch was: Ich
wünschte, ich wäre dir niemals begegnet.«

15

Kaya rannte in die Damentoilette, knallte die Tür hinter sich zu und ließ sich langsam an der Wand hinunter auf den Boden gleiten.

»Ich halte das alles nicht aus«, wisperte sie mit zittriger Stimme, »und ich weiß nicht, was ich machen soll.« Sie spürte Hitze in ihrem Gesicht. An der Stelle auf ihrer Wange, wo Erik sie berührt hatte. Und plötzlich überkam sie eine unglaubliche Wut auf sich selbst, weil sie so naiv gewesen war, zu glauben, Erik in die Schranken weisen zu können. Zu glauben, eine kleine Schlacht in dem Krieg gegen diesen Mann gewinnen zu können.

Wie in Trance stand sie wieder auf und ließ minutenlang eiskaltes Wasser über ihre zitternden Hände laufen. Mit ihren Fingern versuchte sie dann, ihr glühendes Gesicht etwas abzukühlen. Sie fühlte sich so, als müsste sie weinen. Oder laut schreien. Oder beides.

Als sie schließlich zurück zu ihrem Platz ging, fragte sie sich, warum sie so dünnhäutig war. Auch wenn die Antwort darauf auf der Hand lag: Sie hatte Angst. Nicht etwa wegen einer bescheuerten Deadline, die nicht eingehalten werden könnte, sondern um sich selbst. Weil sie nur noch an seine Lippen denken konnte und an das Gefühl, als sie ihre berührten.

»Kaya, warte bitte kurz. Ich muss mit dir sprechen.«

Erschrocken zuckte sie zusammen und drehte sich langsam um, während sie verzweifelt darum kämpfte, Ordnung in ihre Gedanken zu bringen. Hinter ihr kam Ben ausgerechnet aus der Richtung auf sie zu, in der Schmidts Büro lag.

»So schnell habe ich nicht mit dir gerechnet. Was gibt's denn so Dringendes?«

Ben stand der Ärger deutlich ins Gesicht geschrieben, aber er schien noch nach den richtigen Worten zu suchen.

»Ben, ich habe nicht ewig Zeit, also was ist so dringend, dass es nicht warten kann?«, wiederholte sie ungeduldig ihre Frage.

»Weißt du eigentlich, wo ich gerade herkomme?« Sein schroffer Ton ließ sie zusammenzucken. Sie kannte das gar nicht von ihm.

»Ich kann es mir denken.«

»Gut. Und ich sag dir was: Es war die Hölle.«

Mist, dachte Kaya, *das heißt erstens: Ben war gerade tatsächlich bei Schmidt, und zweitens: Schmidt muss wohl richtig ausgerastet sein.*

»Was genau wollte er denn von dir? Ich meine, warum bist du –«

Sie hatte ihren Satz noch nicht zu Ende gebracht, da fiel Ben ihr unbeherrscht ins Wort: »Er wollte von mir wissen, was zum Teufel vorhin in dich gefahren ist. Und um ehrlich zu sein, genau dasselbe habe ich mich auch schon gefragt.«

Sie seufzte. »Meinst du etwa meinen vernünftigen Vorschlag, die Details nicht mit Anderson persönlich, sondern mit seinen beiden Angestellten auszuarbeiten?«

»Ja und nein.«

»Was denn jetzt: ja oder nein?« Ihre Stimme klang patzig, ohne dass sie es wollte.

»Beides. Ja, weil diese Aussage in der Tat nicht ohne war.

Und nein, weil der Blick, den du mir kurz zuvor zugeworfen hattest, sie sogar noch getoppt hat.«

»Was soll an meinem Blick bitte so schlimm gewesen sein?«, fragte Kaya, obwohl sie genau wusste, dass das ein No-Go gewesen war.

»Ach komm, das kannst du dir doch selbst denken! Wenn ich gerade versuche, Anderson von seiner utopischen Deadline abzubringen, dann kannst du mich doch nicht allen Ernstes vor ihm so angucken, als würde ich gerade versuchen, Pudding an die Wand zu nageln.«

Und in diesem Moment begriff sie zu ihrem Entsetzen das volle Ausmaß ihres Fehltritts. Sie schluckte, rieb sich mit der Hand die brennenden Augen und gab schließlich betreten zu: »Du hast absolut recht. Es ist nur, die ganze Art von diesem Anderson ging mir da einfach tierisch auf die Nerven. Aber egal, jetzt ist es nun mal passiert.« Kurz schwiegen sie beide, dann sagte Kaya wie zu sich selbst: »Wenn Schmidt schon bei dir so ausgerastet ist, möchte ich gar nicht wissen, was er sich für mich noch aufgehoben hat.«

»Ich fürchte, das kannst du ihn gleich selbst fragen«, sagte Ben gedehnt und deutete für eine Millisekunde mit den Augen auf Schmidt, der jetzt direkt und mit langen Schritten auf die beiden zusteuerte.

»Ben, lassen Sie uns bitte allein«, rief er, bevor er bedrohlich langsam zu ihr sprach: »Nur damit eins klar ist: Egal ist hier gar nichts. Verstanden?« Passend zu seiner Stimme, die vor Zorn bebte, hatte Schmidt sich vor ihr zu voller Größe aufgebaut und blickte sie mit gesenktem Kopf und zitternden Nasenflügeln an. Er sah aus, als würde er jeden Moment explodieren.

»Herr Schmidt, es tut mir schrecklich leid, aber vorhin, da ...« Kaya stockte. Ihr hatten gerade die Worte gefehlt, um sich vor Ben zu rechtfertigen, und sie fehlten ihr auch jetzt, um sich bei ihrem Chef zu entschuldigen.

»Partner in meinem Unternehmen müssen als Lead große Projekte allein verantworten. Nun, das Anderson-Projekt gibt Ihnen die Chance, zu beweisen, dass Sie das können. Und diese Chance ist einmalig – eine zweite wird es für Sie nicht geben! So, und jetzt machen Sie sich an die Arbeit«, schnaubte Schmidt und runzelte ungeduldig die Stirn. »Übrigens, wenn man den ganzen Tag nur in der Gegend herumspaziert, kann man in zwei Wochen natürlich nicht liefern. Das leuchtet Ihnen hoffentlich ein.« Dann drehte er sich um und marschierte ohne einen weiteren Kommentar in sein Büro zurück.

Hm. Das ist echt schräg, rätselte Kaya. *Schmidt ist vorhin bei Ben ausgerastet, und mich hat er für seine Verhältnisse noch nicht einmal richtig zur Rede gestellt. Das ist sogar sehr schräg, zumal ein halbwegs beherrschtes Zurechtweisen für den Boss so gar nicht typisch ist.*

Um nicht weiter über Schmidts Reaktion oder gar die Szene mit Erik nachzudenken, beschloss sie, sich sofort in die Arbeit zu stürzen, denn in einem waren sich ja alle einig: Zwei Wochen waren verdammt knapp für ein Konzept, das Eriks Erwartungen erfüllen konnte.

Kaya hatte gerade ihre Notizen aus dem Meeting durchgearbeitet, als sie eine E-Mail von Erik in ihrer Inbox sah.

Betreff: Next Steps

Allein schon dieser Betreff brachte sie auf die Palme. Bevor sie die E-Mail klopfenden Herzens öffnete, zwang Kaya sich, tief ein- und wieder auszuatmen.

Hallo Kaya,

ich möchte das Konzept demnächst meinen Investoren vorstellen. Daher benötige ich von dir eine PowerPoint-Präsentation, ausgelegt für ca. dreißig Minuten.

Gruß, Erik

»Alles klar, Herr Anderson, sonst noch einen Wunsch?«, murmelte sie verärgert vor sich hin. Sie nahm einen tiefen Schluck von ihrem Wasser und versuchte sich zu fassen. Dann starrte sie sekundenlang regungslos aus dem Fenster und überlegte fieberhaft, was für ein Konzept sie bloß für ihn erstellen sollte.

»Hi Kaya. Hast du Zeit und Lust, mit mir zum Lunch zu gehen?«

»Lust ja, Zeit nein. Aber weißt du was? Ich komme trotzdem mit. Der Tag verlief bisher nicht sonderlich gut, da kann man schon mal eine kleine Mittagspause machen.« *Und dafür dann eine lange Nachtschicht einlegen*, stöhnte sie innerlich und verzog dabei das Gesicht.

Marie sah ihre Freundin fragend an. »Was genau meinst du?«

»Ach«, antwortete Kaya gefrustet und griff nach ihrem Geldbeutel, »nur, dass das nächste Desaster ruhig noch etwas auf sich warten lassen kann. Der Tag ist ja noch jung.«

Sie machten sich auf den Weg.

»Sag mal, ist alles okay mit dir? Ben meinte eben zu mir, du wärst bei der Besprechung vorhin sehr seltsam gewesen«, sagte Marie, nachdem sich die beiden in die Schlange vor ihrem Lieblingscafé eingereiht hatten.

»So, meinte er das? Ganz so war es nicht«, entgegnete Kaya genervt. »Ich denke, er übertreibt. Das Problem bin doch nicht ich, das Problem ist dieser Anderson.« Mittlerweile war sie wieder außer sich. »Dieser arrogante Typ ist so verdammt überzeugt von sich selbst und erwartet, dass alle nach seiner Pfeife tanzen. Tja, und da habe ich ihm einfach eine Grenze gesetzt.«

Marie zögerte mit ihrer Antwort noch einen Augenblick, als ob sie ihre Worte mit größtmöglicher Sorgfalt auswählen wollte. »Aber schwierige Kunden waren für dich doch nie wirklich ein Thema. Was hat also Anderson an sich, dass du dich derart über ihn aufregst? Ich meine, der Typ weiß immerhin, was er will, und verdammt sexy ist er obendrein auch. Und dann diese Stimme – Hammer!«

»Der und sexy? Du machst wohl Witze! In erster Linie ist er arrogant und unsympathisch«, widersprach Kaya vehement. Dann verstummte sie jedoch nachdenklich. Marie hatte recht. Ben hatte recht. Und Schmidt hatte natürlich auch recht. Alle hatten recht. Alle außer ihr. Niedergeschlagen winkte sie ab. »Ach, ich weiß auch nicht, was heute mit mir los ist.« Sie biss sich auf die Lippe und seufzte frustriert. »Wie sagt man so schön? Ich muss wohl mit dem falschen Fuß aufgestanden sein.« Und um sich nicht noch tiefer in das Thema zu verstricken, konfrontierte sie Marie mit Ben, frei nach dem Motto: Angriff ist die beste Verteidigung. »Was läuft da eigentlich mit dir und Ben? Und sag mir bitte nicht, du wüsstest nicht, wovon ich spreche. Ich habe nämlich Augen im Kopf.«

Ihre Strategie ging zum Glück auf, denn mit einem Mal wurde Marie rot im Gesicht und trat nervös von einem Bein auf das andere. »Wieso, was soll mit uns beiden sein?«

»Das will ich von dir wissen. Ihr habt euch doch am Wochenende getroffen, wenn ich das heute Morgen nicht falsch verstanden habe, oder?«

»Nun ja.« Marie stockte. »Ich glaube, Ben und ich, wir sind möglicherweise zusammen. Aber das ist nur meine

Version der Geschichte. Ich weiß nicht, ob er es auch so sieht.« Marie wirkte völlig verunsichert.

»Ach wie toll! Ich freue mich ja so für euch. Und ich bin mir sicher, Ben sieht das genauso wie du. Er ist ein super Typ, der weiß, was er will. Und er weiß sicher auch, was er an dir hat. Lehn dich einfach entspannt zurück und genieß die Schmetterlinge in deinem Bauch.«

Es war ein extrem heißer Tag und am Himmel keine einzige Wolke zu sehen. Nachdem sie sich Kaffee und ein Sandwich geholt hatten, gingen sie in den Englischen Garten, eine kleine Oase mitten im hektischen Großstadtleben mit runden Pavillons, plätschernden Brunnen und Kastanien, die erfrischenden Schatten spendeten.

Dort setzten sie sich auf eine Bank und beobachteten das Geschehen um sich herum. Spaziergänger spielten ausgelassen mit ihren Hunden, Mütter saßen mit einem Buch in der Hand auf einer Bank, während sie den Kinderwagen hin- und herwippten, eine Gruppe von Leuten spielte Boule.

»Wenn wir alt sind, möchte ich, dass wir auch so ausgelassen in den Tag hineinleben wie die da.« Marie deutete auf die Boulespieler.

»Na ja, ich weiß nicht recht. Wenn wir mal alt sind, müssen wir sicher immer noch arbeiten. Aber vielleicht dürfen wir ja eine verlängerte Mittagspause hier verbringen«, schmunzelte Kaya. »Nur wird bis dahin noch viel Wasser die Isar hinunterfließen. Und davor brauche ich noch ein geniales Konzept für diesen Anderson. Sonst finde ich mich früher beim Boule wieder, als mir lieb ist.«

»Das war wohl das Stichwort. Zurück zur Arbeit!« Marie seufzte und sah dabei dermaßen unmotiviert aus, dass Kaya unwillkürlich lachen musste.

Auf dem Nachhauseweg kehrten Kayas Gedanken zurück zu der einzigartigen Atmosphäre im Englischen Garten, die die Boulepartie verbreitet hatte. Dieses Spiel verband nicht nur Jung und Alt, sondern auch verschiedene Nationen miteinander. Und alle hatten dasselbe Ziel: eine gute Zeit miteinander zu verbringen.

Es ähnelte dem, was Eriks Verlag mit seiner Expansion quer durch Europa erzielen wollte. Ein Motto formte sich in Kayas Kopf: *Mit Lesen eine schöne Zeit verbringen – über alle Generationen und Kulturen hinweg.*

Dieses Motto faszinierte Kaya. Noch am selben Abend fing sie an, ihre Idee zu Papier zu bringen, bis sie ihre Augen vor Müdigkeit kaum noch offen halten konnte.

Der Schlaf, in den sie fiel, war nicht tief, sondern unruhig. Das Schlimmste daran war: Er brachte sie zurück zu jenem Abend, von dem sie gehofft hatte, ihn für immer aus ihrer Erinnerung verbannt zu haben. Zurück zu jenem Abend, der in den ersten Wochen und Monaten nach der Trennung von Erik immer wieder wie ein Film vor ihrem inneren Auge abgelaufen war. Jener Abend, der ihr ganzes Leben verändern sollte ...

16

Es war ein lauer Sommerabend, und Eriks Freund Jonas hatte zu einer Grillparty in seinem Garten eingeladen. Bis zu jenem Tag hatte Kaya nicht gewusst, dass eine Millisekunde ein ganzes Leben verändern konnte.

Jonas stammte aus einer sehr wohlhabenden Familie. Eine Tatsache, die man nur schwer übersehen konnte: Er fuhr einen nagelneuen Porsche und wohnte in einem Luxusappartement mitten in der Münchner City. Auch sonst ließ Jonas kaum eine Gelegenheit aus, mit seinem Vermögen zu protzen. Erstaunlicherweise gelang es ihm immer wieder, seinem Bekanntenkreis mit seinem prahlerischen Gehabe zu imponieren.

Nicht jedoch Kaya. In ihren Augen mussten Kinder aus reichen Elternhäusern kaum etwas aus eigener Kraft schaffen, das meiste existierte für sie bereits von Geburt an. Ein Leben, in dem man kaum um etwas kämpfen musste, hatte ihrer Meinung nach nur zur Folge, dass man niemals richtig über die eigenen Grenzen hinauszuwachsen lernte. Eine Tatsache, die ihrer Meinung nach auf Jonas besonders zutraf.

Und hier lag der grundsätzliche Unterschied zu Erik: Seine Familie war zwar ebenfalls wohlhabend, allerdings hatten seine Eltern ihm beigebracht, nicht alles im Leben als selbstverständlich zu erachten. Und auch nicht als gegeben hinzunehmen. Zudem hatten sie großen Wert darauf gelegt, dass er stets den Mut aufbrachte, eigene Wege zu gehen. Alte Wege öffnen bekanntlich keine neuen Türen; das war die Maxime, nach der sie ihren Sohn erzogen hatten.

Bis heute verstand Kaya nicht, wie Erik mit Jonas befreundet sein konnte. Waren Männerfreundschaften wirklich so simpel gestrickt, dass die Leidenschaft für denselben Sport oder dieselbe Musikrichtung eine hinreichende Basis bilden konnte? Kaya jedenfalls fand Jonas von Anfang an unangenehm. Sie konnte zwar nicht genau sagen, warum, aber da war irgendetwas an ihm, das sie vorsichtig werden ließ. Vielleicht war es die Art, wie er sie mit seinem durchdringenden Blick anschaute, wenn er sich unbeobachtet fühlte. Vielleicht war es auch die Art, wie er mit seiner Freundin umging, irgendwie herablassend. Vermutlich beides.

Und auch auf der Party spürte sie Jonas' unangenehmen Blick die ganze Zeit auf sich ruhen. Um ihm nicht länger ausgesetzt zu sein, beschloss sie, sich etwas zurückzuziehen. Sie wollte die Zeit lieber nutzen, um die schönen Bilder in Jonas' Wohnung anzuschauen.

»Erik, ich bin gleich wieder da, okay? Du weißt ja, van Gogh und so.«

»Du ziehst van Gogh mir vor?! Das ist hoffentlich nicht dein Ernst«, protestierte Erik und verdrehte spielerisch die Augen.

»Das ist sogar mein voller Ernst.« Kaya nickte mit gespielter Strenge. »Das macht dir doch nichts aus, oder?«

»Doch, tut es.«

»Aber das hat dir doch bisher auch nichts ausgemacht.«

Mit einem verschmitzten Grinsen beugte er sich zu ihr hinunter und sprach ihr leise ins Ohr: »Doch, hat es. Ich habe es mir nur nicht anmerken lassen. Aber okay. Tu, was du nicht lassen kannst.«

»Genau das habe ich vor.« Kaya zuckte mit den Schultern, bedachte Erik mit einem unschuldigen Blick und lächelte.

»Aber eine Frage hätte ich noch.«

»Und die wäre?«

Er zog sie noch näher zu sich. »Was hat van Gogh, was ich nicht habe?« »Lass mich mal kurz überlegen.« Sie blickte versonnen nach unten. »Nun, er widerspricht mir nicht«, sagte sie schließlich und wandte sich ihm lachend wieder zu. Seine Augen strahlten und ließen sie beinahe alles um sich herum vergessen. »Ich bleibe dir aber treu«, versicherte sie ihm mit einem Zwinkern.

»Ich weiß.« Er lächelte, streckte eine Hand aus und strich ihr liebevoll eine Haarsträhne aus dem Gesicht. »Und das ist eines der vielen Dinge, die ich an dir so sehr schätze.«

Jonas' Wohnzimmer sah ziemlich vornehm aus und war offenbar von einem Innendesigner eingerichtet worden. Im Mittelpunkt stand eine große schwarze Ledercouch, und über dieser hing das Bild *Caféterrasse am Abend*. Es war in einen edlen Bilderrahmen in Champagner-Gold gefasst und sah in Öl und auf Leinwand gemalt dem Original zum Verwechseln ähnlich. *Caféterrasse am Abend* war eines der Bilder von van Gogh, die Kaya über alles liebte. Es zeigte ein Gässchen der südfranzösischen Stadt Arles in einer lauen Sommernacht. Im Mittelpunkt war die große Terrasse eines Cafés zu sehen. Einige Menschen saßen an den Tischen, andere schlenderten einfach an dem Café vorbei. Und alle hatten etwas gemeinsam: Sie schenkten dem spektakulären Nachthimmel keinerlei Beachtung, der mit funkelnden Sternen übersät war. Während Kaya voll und ganz in die lebhafte Atmosphäre des Gemäldes versunken war, spürte sie plötzlich warmen Atem in ihrem Nacken. Erschrocken zuckte sie zusammen.

»Gefällt dir das Bild?« Jonas war ihr gefolgt und stand jetzt unmittelbar hinter ihr.

»Du hast mich erschreckt«, war alles, was sie in diesem Moment sagen konnte.

»Sorry, das habe ich nicht gewollt.«

Ihr Blick wanderte zurück zu dem Kunstwerk. »Ja, es gefällt mir sehr. *Caféterrasse am Abend* gehört zu meinen Lieblingsbildern von van Gogh. Allein, wie er den sich ständig ändernden menschlichen Alltag und zugleich die seit Millionen von Jahren unveränderlichen kosmischen Zusammenhänge abbildet. Ich weiß, das hört sich etwas abstrakt an. Aber worauf ich hinauswill, ist: Selbst wenn die Menschen auf dem Bild die Schönheit des Nachthimmels nicht beachten, so ist diese dennoch weiterhin vorhanden. Diese Markise zum Beispiel, sie kann den Mond verdecken, doch deswegen hört er nicht auf zu existieren. Er wird dadurch nicht weniger schön.« Sie hielt abrupt inne und verzog den Mund zu einem entschuldigenden Lächeln. »Verzeih bitte, ich langweile dich sicherlich mit meiner Interpretation.«

Jonas' Blick verdunkelte sich, wanderte langsam ihren Hals entlang und blieb an ihrem Dekolleté haften. »Du langweilst mich keineswegs, im Gegenteil: Direkt vor meinen Augen befindet sich gerade jetzt auch eine Schönheit, die nicht aufhört, zu existieren, nur weil ich dagegen ankämpfe.«

Es dauerte einen Moment, bis sie die Bedeutung seiner Worte begriff. Als sie den Mund öffnete, um ihn zurückzuweisen, zog Jonas sie an sich und küsste sie.

Von da an überschlugen sich die Ereignisse: Genauso plötzlich, wie Jonas sie an sich gerissen hatte, stieß er sie wieder von sich. »Kaya, es gibt kein Wir! Die Freundin meines besten Freundes ist für mich tabu. Wie oft soll ich dir das eigentlich noch sagen?!«

Kaya schwieg überrumpelt. Sie verstand nicht, was Jonas damit meinte, brachte diese Sätze nicht mit dem überein, was er noch vor wenigen Sekunden von sich gegeben hatte.

»Jonas, was soll denn dieser Unsinn?!«, fragte sie ungläubig und wandte sich ab. Da sah sie in ein vertrautes graues Augenpaar, und in diesem Moment änderte sich alles.

Plötzlich war es so still im Zimmer, dass man die Uhr auf dem Kaminsims leise ticken hörte.

»Erik, du hier?«, stammelte sie in die unheilvolle Stille hinein und war teils froh, ihn zu sehen, und teils erschrocken von der Eiseskälte in seinen Augen.

»Ich komme wohl etwas ungelegen, was? Aber ich werde nicht länger stören.« Sein Blick verfinsterte sich noch mehr. Er war jetzt voller Verachtung. Voller Gedanken, die er nicht aussprechen würde. Nicht auszusprechen brauchte, weil sie ohnehin für alle sichtbar waren.

»Erik, warte bitte, ich ... Es ist nicht so, wie du denkst.« Ihr Blick wanderte verzweifelt zu Jonas hinüber. Sie flehte ihn regelrecht an, die Sache richtigzustellen.

Jonas aber wandte sich mit gespielter Verachtung von Kaya ab und klopfte Erik auf die Schulter. »Tut mir leid, Kumpel, ich hätte dir das gern erspart. Aber jetzt weißt du wenigstens, was sie für eine ist.«

Kaya wollte widersprechen, doch sie fand keine Worte, war starr vor Schock. Sie konnte nicht einmal sagen, was es genau war, das ihr die Sprache verschlagen hatte. War es die Wut auf Jonas oder die Enttäuschung über Erik? Nein, das stimmte nicht, sie wusste genau, was es war. Es war Letzteres. Es war die bittere Enttäuschung, dass er ihr so etwas überhaupt zutraute.

Sie spürte plötzlich Tränen auf ihren Wangen, am Hals und auf ihrem Dekolleté.

Oh mein Gott, ich zittere ja am ganzen Körper. Wo bin ich eigentlich?

Kaya musste sich anstrengen, um zu verstehen, was mit ihr los war. Nach und nach begriff sie, dass sie jene schreckliche Nacht noch einmal im Traum durchlebt hatte. Jene Nacht, in der Erik nicht nur wortlos aus Jonas' Wohnzimmer verschwunden war, sondern auch aus ihrem Leben.

Schwerfällig stieg sie aus dem Bett, öffnete ihr Schlafzimmerfenster und schaute tief in Gedanken versunken in den sternenlosen Nachthimmel. Ihre Augen gewöhnten sich schnell an das schwache Licht, das von den Straßenlaternen hereinfiel, und sie spürte die kühle Luft auf ihrem Gesicht. Sie fragte sich, ob sie jemals wieder unbeschwert an *Café-terrasse am Abend* denken könnte, ohne dabei traurig zu werden.

Kaya fuhr sich unbewusst mit der Hand über ihre Lippen. Sie zitterten, doch sie merkte es kaum. Hatte Erik sie nur dazu verdonnert, das Projekt zu leiten, damit er ihr wieder näherkommen konnte? War das alles Kalkül gewesen, oder war auch er von seinen Gefühlen überrascht worden? Und was bedeutete das für sie?

Sie wurde von einem lauten Geräusch in der Nachbarschaft aus ihren Gedanken gerissen. In Windeseile schloss Kaya das Fenster wieder und legte sich zurück ins Bett. Aber sie konnte nicht einschlafen, denn in ihrem Kopf überschlugen sich die Ereignisse der letzten Tage: Da war die Sache mit Erik, was sie zugegebenermaßen am meisten beschäftigte. Erst heute Morgen hatte er sie leidenschaftlich geküsst. Und wie hatte sie darauf reagiert? Anstatt ihm eine schallende Ohrfeige zu verpassen, hatte sie seinen Kuss erwidert. Und dann war da auch noch die Sache mit Paul. An den hatte sie seit ihrem letzten Treffen überhaupt nicht mehr gedacht. Wahrscheinlich, weil sie tief im Inneren genau wusste, dass das mit ihm keine Zukunft hatte. Falsches Timing, wie man so schön sagte.

Oh Mann, warum war es in ihrem Leben mit der Liebe immer so kompliziert, während es bei anderen derart unkompliziert zu sein schien? Marie und Ben zum Beispiel. Ganz unspektakulär waren die beiden in den letzten Tagen ein Paar geworden. Auf eine Art und Weise, die Kaya etwas wehmütig werden ließ.

17

Irgendwann musste sie doch wieder eingedöst sein, da der Ton einer Whatsapp-Nachricht sie aus dem Schlaf riss. Die Sonne war gerade erst aufgegangen, denn das Licht, das durch das Schlafzimmerfenster drang, war fahl und schwach. Sie tastete nach ihrem Handy und zuckte zusammen: Das leuchtende Display zeigte Eriks Nummer.

Wie hypnotisiert starrte sie auf die Nachricht. Ein paar Minuten später schaffte sie es, diese zu öffnen, obwohl ihre Finger wie Espenlaub zitterten.

Hallo Kaya,

der Vortrag für die Investoren findet im Savoy statt. Ich selbst werde leider nicht daran teilnehmen können, daher meine Bitte an dich, alle Fragen unserer Investoren ausführlich zu beantworten.

Erik

PS: Du kannst allein oder
gemeinsam mit deinem Chef
kommen. Ganz wie du magst.

Ich glaub, ich sehe nicht recht! Kaya las die Nachricht erneut. Tatsächlich, jetzt sollte plötzlich sie sein Konzept vorstellen.

Sie legte das Handy auf den Nachttisch, vergrub ihren dröhnenden Kopf im Kissen und murrte leise vor sich hin: »Erik Anderson, wenn du mir gleich am frühen Morgen schon den ganzen Tag versauen wolltest, Glückwunsch, das ist dir gelungen.«

Irgendwann tastete sie nach ihrem Handy und tippte:

Ich werde allein kommen.

Kaya

PS: Es ist natürlich äußerst
bedauerlich, dass du nicht dabei
sein kannst.

Sie schickte die Nachricht ab, schaltete das Handy aus und schloss noch für ein paar Minuten die Augen.

In den nächsten Tagen tüftelte Kaya ununterbrochen an der Ausarbeitung ihres Konzepts. Am Ende der Woche war sie recht zufrieden mit den Fortschritten, die sie erzielt hatte.

»Ciao, Kaya, schönes Wochenende. Und bleib nicht zu lange, okay?«, rief ihr Marie am Freitagabend zu und eilte hinaus.

»Nein, nur noch ein bisschen«, erwiderte sie mit einem Lächeln und winkte ihrer Freundin zum Abschied nach. Unglaublich, aber sie war so vertieft in ihre Arbeit gewesen, dass ihr gar nicht aufgefallen war, wie das Büro sich nach und nach geleert hatte. Kaya rieb sich die brennenden Augen und riskierte einen Blick auf die Uhr. Verdammt, schon fast acht. Wie konnte die Zeit nur so rasen?

Hastig packte sie ihre Sachen zusammen und rannte regelrecht aus dem Büro. Völlig außer Atem erreichte sie eine Viertelstunde später den Chinesischen Turm, einen Biergarten mitten im Englischen Garten, wo sie mit Lou verabredet war.

Der große Platz war mit Kies bedeckt und eine Oase aus schattenspendenden Bäumen und verstreut stehenden Picknicktischen. Nach einem stressigen Tag wie diesem war es die perfekte Location, um ins Wochenende zu starten: Das sanfte Rascheln der Ahornbäume und der Duft von frischem Bier verbreiteten das bayerische Gefühl von *Leben und leben lassen*. Kaya merkte, wie ihr Stresspegel nach und nach sank.

Aufmerksam schaute sie sich um in der Hoffnung, Lou inmitten des Treibens zu entdecken. Aber von ihr war weit und breit nichts zu entdecken.

Gerade als sie Getränke geholt hatte, sah sie Lou von Weitem auf sich zukommen. Kaya bemerkte, dass ihre Freundin ebenfalls zwei Gläser in der Hand hielt, und musste grinsen, da sie nun doppelt versorgt waren.

Doch je näher Lou kam, desto deutlicher wurde, dass mit ihr etwas nicht stimmte: Sie lächelte zwar, aber Kaya entging Lous trauriger Blick ebenso wenig wie die Tränen, die in ihren Augen glänzten.

Sicher wieder das Werk von Maybe, dachte Kaya besorgt und lief auf Lou zu, um sie tröstend in die Arme zu nehmen. »Hey, alles okay mit dir?«, wollte sie wissen und fügte sanft hinzu: »Aber eins vorweg: Du wirkst todunglücklich, ein Ja würde ich dir also nie im Leben abkaufen.«

»Gut, dann hätten wir den Punkt ja schon mal geklärt«, sagte Lou mit brüchiger Stimme und deutete ganz hinten auf einen leeren Tisch.

»Magst du mir erzählen, was los ist?«, fragte Kaya fürsorglich, nachdem sie sich hingesetzt hatten.

»Kannst du dir das nicht denken?« Lou klang leise und tieftraurig.

Auweia. »Okay, sicher steckt Maybe dahinter. Aber was genau er diesmal verbrochen hat, kann ich wirklich nicht wissen. Schließlich ist sein Repertoire an Dingen, mit denen er dich vor den Kopf stoßen kann, zu groß.«

»Okay, 1:0 für dich«, stellte Lou makaber fest und holte tief Luft. »Tja, wo soll ich am besten anfangen?« Sie biss sich unschlüssig auf die Unterlippe. »Letzten Samstag hat er mich zu sich zum Dinner eingeladen. Der Abend, an dem ich mir fest vorgenommen hatte, nicht mit ihm zu schlafen. Erinnerst du dich?«

Kaya nickte, und eine dunkle Vorahnung überkam sie. »Sag bitte nicht, dass du es doch gemacht hast.«

»Schön wär's«, erwiderte Lou bedrückt, »aber ich kann dich beruhigen, dazu kam es nicht. Zu dem ganzen Abend kam es nicht, weil der Idiot mir wieder einmal kurz vorher abgesagt hat.« Sie schloss die Augen, als würde sie alles noch einmal durchleben. Dann öffnete sie sie wieder und zuckte resigniert mit den Schultern.

»Ach, Lou.« Betroffen verzog Kaya das Gesicht. »Und wie soll es jetzt mit euch weitergehen?« Am liebsten hätte sie noch hinzugefügt: *Hab ich es dir nicht gleich gesagt? Der*

Typ ist einfach nichts für dich. Doch damit hätte sie Lou nur noch mehr verletzt.

»Was weiß ich? Frag mich was Leichteres.« Lou stöhnte und machte eine Pause. »Soll ich dir sagen, wie mir unser beider Leben langsam vorkommt?«

»Lass mich raten: etwa wie *Kein Sex and the City*?«

Lou nickte und musste kurz lachen.

»Ach, wo wir schon beim Thema sind, ich habe auch großartige News: Das mit Paul und mir, das ist ein für alle Mal vom Tisch. Und wag es bloß nicht zu fragen, ob Erik etwas damit zu tun hat.«

Lou betrachtete sie skeptisch, aber Überraschung konnte Kaya in ihrem Blick nicht entdecken. »Die Frage stellt sich mir gar nicht erst. Ich habe mir so was schon gedacht. Und ich finde das gar nicht gut.«

»Du kannst mir glauben, ich auch nicht. Erik ist meine Achillesferse, und genau aus diesem Grund wollte ich diese Aufgabe zuerst auch auf keinen Fall übernehmen. Und dann warst du es, die mir geraten hat, dass ich die Partnerschaft unter keinen Umständen aufs Spiel setzen darf. Auch nicht wegen Erik. Du erinnerst dich noch, nehme ich an.« Kaya wollte keinesfalls Schuldgefühle bei Lou wecken, aber aus irgendeinem Grund spürte sie einen inneren Drang, sich zu rechtfertigen. Möglicherweise mehr vor sich selbst als vor ihrer Freundin.

»Natürlich erinnere ich mich daran, und dazu stehe ich auch heute noch. Eriks Auftrag wird irgendwann beendet sein, aber die Partnerschaft bleibt dir erhalten. Und du hast diese Partnerschaft verdammt noch mal verdient. Allein schon, was du alles für *Schmidt & Partner Consulting* erreicht hast. Nur jetzt, wenn ich sehe, wie Erik Paul völlig aus deinen Gedanken verdrängt hat, mache ich mir ehrlich gesagt Sorgen um dich.« Lou suchte ihren Blick, um ihren Worten Nachdruck zu verleihen.

»Ja, du hast nicht ganz unrecht«, antwortete Kaya, und ihre Augen füllten sich mit Tränen, »aber was soll ich machen? Ich fühle bei Paul einfach nicht so wie damals bei Erik.« *Oder besser gesagt, wie immer noch bei Erik,* beendete sie den Satz in Gedanken.

»Paul ist nun mal nicht Erik. Aber im Leben gibt es nicht nur die eine Art von Liebe. Gib nicht etwas auf, das vielversprechend sein könnte, für etwas, das du nicht haben kannst. Im Ernst! Oder hast du bereits vergessen, dass Erik schon so gut wie verheiratet ist?«

Kaya schaffte es nicht, Lou in die Augen zu schauen, also blickte sie verlegen zur Seite. Es dämmerte bereits, und der Schein der Straßenlaternen verschwand fast hinter den Baumkronen.

»Das mit Erik und mir ist kompliziert. Einerseits gab es schon etliche Momente, in denen ich ihm am liebsten eine geknallt hätte. Oder ihm meinen Drink ins Gesicht geschüttet hätte.« Ihre Worte kamen nur zögernd. »Anderseits, als er so vor mir stand und mich ...« Kaya merkte, dass sie gerade dabei war, Lou von dem Kuss zu erzählen, und hielt sich gerade noch davon ab. »Oh Mann, ich hasse ihn, ich liebe ihn, es ist einfach nur furchtbar. Und zu allem Übel muss ich bald auch noch nach London fliegen!« Die letzten Worte sprudelten aus ihr heraus, ohne dass sie es verhindern konnte.

Lou starrte sie mit einem Ausdruck solchen Entsetzens an, dass Kaya am liebsten im Erdboden versunken wäre. »Wie bitte?! Du liebst Erik immer noch?! Ich finde, unter diesen Umständen darfst du auf keinen Fall nach London, hörst du?«

»Ach«, Kaya winkte ab, »London ist eigentlich nicht der Rede wert. Ich muss ja nur deswegen hinfliegen, weil er selbst nicht dort sein kann.«

Sie zwang sich, optimistisch zu klingen. Fast war es so,

als ob sie nicht Lou, sondern sich selbst mit diesem Optimismus überzeugen wollte. Normalerweise hätte sie ihrer Freundin die ganze Wahrheit erzählt. Dass Erik und sie sich geküsst hatten. Dass sie sich in ihrem ganzen Leben noch nie so hilflos vorgekommen war wie zum gegenwärtigen Zeitpunkt. Aber in ihrer momentanen Verfassung schaffte sie es einfach nicht.

Als könnte Lou ihre Gedanken lesen, betrachtete sie Kaya verständnisvoll. »Lass uns für heute einen Deal machen: kein Wort mehr über Maybe, Paul und Erik. Was hältst du davon?«

»Großartige Idee! Also, wie wäre es, wenn wir uns zu unserem Radler noch zwei große Brezeln mit Obazda holen?« Kaya schaffte jetzt auch ein Lächeln, das sich nicht wie eine Grimasse anfühlte.

18

»Kaya, in mein Büro, und zwar sofort!«, brummte Schmidt ins Telefon und legte gleich wieder auf.

»Ich danke für das nette Gespräch«, murmelte Kaya genervt in den Hörer, aus dem nur noch das Besetztzeichen kam.

Vor Schmidts Tür holte sie noch einmal tief Luft und betrat dann den Raum.

»Haben Sie schon mal was von Anklopfen gehört?« Schmidts Begrüßung war derart harsch, dass sie zusammenzuckte. »Offensichtlich nicht«, beantwortete er seine eigene Frage und deutete mit der Hand auf den freien Stuhl ihm gegenüber. »Setzen Sie sich.«

Kaya musste kurz schlucken. Am liebsten hätte sie ihm direkt ins Gesicht geschleudert: *Das kommt nur daher, weil ich es kaum erwarten kann, dieses Gespräch mit Ihnen hinter mich zu bringen.* Doch ihr leuchtete ein, dass es vernünftiger war, den Mund zu halten.

»Wie weit sind Sie mit dem Anderson-Projekt?«, wollte Schmidt von ihr wissen und klang dabei so, als gäbe er sich alle Mühe, seine Gereiztheit im Zaum zu halten.

»Das Grundkonzept steht. Es gibt aber ein paar Aspekte, an denen ich noch arbeiten muss«, gab sie wahrheitsgemäß Auskunft und zwang sich, halbwegs freundlich zu bleiben.

»Wollen Sie mir damit etwa sagen, dass Sie bisher lediglich das grobe Konzept erstellt haben? Kaya, das Investorentreffen ist schon übermorgen!«, fuhr er sie aufgebracht an und rang dabei hörbar nach Luft. »Ohne das Konzept bis ins letzte Detail durchdacht zu haben, können Sie es jemandem wie Anderson nicht präsentieren. Das ist Ihnen hoffentlich klar.«

Kaya musterte ihn schweigend. Aus irgendeinem Grund war Schmidt heute besonders schlecht drauf. Und somit auch besonders anstrengend.

»Es besteht überhaupt kein Grund zur Sorge«, sagte sie schließlich fest. »Außerdem nehmen wir doch ständig bis zur allerletzten Minute Änderungen an Konzepten vor.« Und in Gedanken fügte sie noch hinzu: *Nichts, was dir nicht bekannt wäre. Also was zum Teufel willst du jetzt eigentlich von mir?*

»Gut, dann arbeiten Sie von mir aus bis zur allerletzten Minute an Ihren Feinheiten. Aber kommen Sie bloß nicht auf die Idee, Anderson ein unfertiges Konzept als fertig zu verkaufen. Habe ich mich klar genug ausgedrückt?«

Kaya fehlten schlichtweg die Worte bei all dem Unfug, den ihr Chef hier von sich gab. Daher seufzte sie nur und nickte, woraufhin Schmidt wiederum schnaubte. Ein langes, betretenes Schweigen entstand zwischen ihnen.

»Übrigens hatte ich ihn vorhin am Telefon. Er möchte, dass Sie allein nach London fliegen«, sagte er schließlich in die Stille hinein. Dann verschränkte er die Arme, schnaubte erneut und schüttelte ungläubig den Kopf. »Ich habe ihm zwar angeboten, Sie zu begleiten, doch er hat abgelehnt. Wie es aussieht, will er dieses Treffen in einem sehr kleinen Kreis abhalten.«

Aha! Kaya war nun ein kleines Stück schlauer als zuvor: Der Grund für seine Missstimmung schien wohl die Tatsache zu sein, dass Erik ihn explizit vom Meeting in London ausgeladen hatte.

Sie bemerkte, dass ihr Chef sie nachdenklich betrachtete, und wusste nicht, wie sie damit umgehen sollte. Nicht zuletzt, weil Erik mit diesem expliziten Ausladen ihrem eigenen Wunsch nachgekommen war.

Mit einem leicht schlechten Gewissen lächelte sie Schmidt an und gab sich alle Mühe, etwas sanfter zu klingen, als sie sagte: »Es ist zwar bedauerlich, dass Sie mich nicht begleiten können, aber Ihre Anwesenheit ist in keiner Weise erforderlich. Ich versichere Ihnen, alles in meiner Macht Stehende zu tun, um selbst einen Erik Anderson zufriedenzustellen.«

»Ich zweifle nicht an Ihrer fachlichen Kompetenz. Weiß Gott nicht. Sonst wären Sie auch nicht da, wo Sie jetzt sind«, presste er hervor. »Nein, etwas anderes bereitet mir Sorgen. Ich nehme an, Sie wissen selbst, worauf ich hinauswill.«

Kaya räusperte sich. Er spielte auf ihr auffälliges Verhalten gegenüber Erik an, keine Frage. Nur würde sie das nie im Leben Schmidt gegenüber einräumen. »Um ehrlich zu sein, nein«, schwindelte sie mit einem ausdruckslosen Lächeln auf den Lippen. »Wenn Sie sonst keine weiteren Fragen haben, würde ich gern wieder –«

»Ich bestimme hier, wann dieses Gespräch beendet ist, verstanden?«, fiel er ihr in einem Ton ins Wort, der nichts Gutes erahnen ließ.

»Einverstanden.« Entnervt verzog sie das Gesicht.

»Was soll das heißen, ›einverstanden‹?!« Schmidt musterte sie jetzt mit einem düsteren Blick. »Kaya, das eben war keine Frage. Es war ein Befehl. Also, wo waren wir stehen geblieben?«

Diese Frage wiederum veranlasste Kaya zu einem übertriebenen Schmunzeln. »Und das ›Wo waren wir stehen geblieben?‹, war das jetzt eine Frage?« Sie staunte über ihre eigene Dreistigkeit. Aber ihre Nerven lagen nach den ganzen Machtspielen mit Erik und Schmidts Launen blank. Sie war einfach nicht mehr imstande, anstrengende Gespräche wie dieses hier abgeklärt und souverän zu führen.

»Ja, verdammt noch mal, das war eine Frage!«

»Okay. Ich wollte nur auf Nummer sicher gehen. Nun, Sie wollten mir gerade verraten, was Ihnen Sorgen bereitet. Meine fachliche Kompetenz hatten Sie bereits ausgeschlossen.«

»Exakt. Also, ich weiß zwar nicht, was mit Ihnen in letzter Zeit los ist, aber reißen Sie sich gefälligst zusammen! Sie erinnern sich an unseren Deal? Wenn Sie diesen Auftrag zu Andersons vollster Zufriedenheit abschließen, werden Sie Partnerin in meinem Unternehmen. Sollte es Ihnen jedoch nicht gelingen, wird das ebenfalls Konsequenzen für Sie haben, verstanden?!«, herrschte Schmidt sie an.

Kaya nickte mit einem weiteren ausdruckslosen Lächeln. »Im ersten Fall hätten Sie dann aber zumindest endlich mal eine Frau im Management«, warf sie provokativ in den Raum und zählte innerlich bis drei. Wieso sie das tat, wusste sie selbst nicht.

Auf das, was nun folgte, war sie überhaupt nicht gefasst. Sie rechnete damit, dass ihr Chef sie spätestens jetzt hochkant aus seinem Büro werfen würde. Stattdessen fing er plötzlich und unerwartet an, aus vollem Halse zu lachen. »Eins muss man Ihnen ja lassen: Sie sind weiß Gott nicht auf den Mund gefallen. Ich kann schon verstehen, warum Anderson darauf bestanden hat, dass ausschließlich Sie sein Projekt leiten.«

Nur zu gern hätte sie erfahren, mit welchen Argumenten genau Erik seine Forderung gegenüber ihrem Chef begründet hatte. Ein Blick in Schmidts Augen aber genügte, und sie wusste, das Thema war an dieser Stelle beendet.

»Halten Sie mich über die Ereignisse in London auf dem

Laufenden.« Er griff nach seinem Telefonhörer und forderte Kaya mit einem unmissverständlichen Blick auf, sein Büro zu verlassen.

Unterwegs auf dem Gang kam ihr Ben entgegen.

»Na, da sieht aber jemand aus, als ob sie gerade aus der Höhle des Löwen kommt. Es ging sicher darum, dass du übermorgen allein nach London fliegen sollst, stimmt's?«, riet er und lachte kurz auf.

Verblüfft schaute sie ihn an.

»Ich war vorhin bei ihm im Büro, als Anderson anrief, um ihn ›auszuladen‹, wie Schmidt es so schön formuliert hat. Das hat ihm gar nicht gepasst, sag ich dir.« Ben musste grinsen.

Kaya konnte nur noch mit dem Kopf schütteln. »Das hier ist doch Absurdistan pur. Ich weiß gar nicht, was ihn eben geritten hat, aber er hat mich bis aufs Mark gereizt.« Sie holte tief Luft und schaute Ben direkt in die Augen. Dabei schien sie ihn erst jetzt so richtig wahrzunehmen. »Magst du vielleicht mitkommen? Ich könnte Anderson mitteilen, dass du mich begleitest.«

Ihre spontane Idee gefiel ihr. Sie konnte gern auf Schmidt verzichten, aber über Ben als Begleitung würde sie sich wirklich freuen.

»Ein anderes Mal gern. Diesen Freitag möchte ich mir aber lieber freinehmen und etwas in die Berge fahren. An meinen letzten freien Tag kann ich mich schon gar nicht mehr erinnern, so lange ist der schon her.« Ihm stand die Vorfreude deutlich ins Gesicht geschrieben.

»Hm, du nimmst dir diesen Freitag also auch frei?«, wollte Kaya mit einem provokanten Lächeln wissen.

»Wieso auch?« Er wirkte jetzt leicht irritiert.

»Marie hat diesen Freitag ebenfalls einen Tag Urlaub.«
Mit hochgezogener Augenbraue schaute sie ihn an. »Zufall?«

»Ich ...« Ben brach wieder ab. Er wirkte verlegen, mit dieser Konfrontation überfordert. Etwas, das ihn in ihren Augen noch sympathischer machte, als er ihr ohnehin schon war.

»Hey, ich freue mich für euch. Marie ist eine tolle Frau, und sie hätte keinen Besseren finden können als dich.« Spontan schloss sie ihn in die Arme. »Dann wünsche ich euch beiden schon mal eine tolle Zeit in den Bergen.«

»Danke, und dir viel Erfolg in London. Falls du was brauchst, kannst du dich gern bei mir melden. Ach, und noch was.« Er schaute sie vielsagend an.

»Ja?«, hakte sie nach.

Er zögerte und schien zu überlegen, wie er sein Anliegen am besten zur Sprache bringen sollte. »Es tut mir wirklich leid, dass ich dich nicht nach London begleiten kann. Ich weiß nicht, wie ich es sagen soll, aber irgendwie habe ich das komische Gefühl, ich sollte bei dir sein.«

Jetzt war es an ihr, überfordert zu sein. »Wie meinst du das?«

Kaya blickte für ein, zwei Sekunden zu Boden, damit Ben nicht sehen konnte, wie sehr er sie verunsicherte, dann wieder hoch.

»Irgendetwas stimmt nicht mit dir. Ich habe in letzter Zeit eine Seite an dir bemerkt, die ich gar nicht kenne. Du bist vollkommen neben der Spur. Zum Teil sogar richtig unprofessionell. Und wenn ich mich recht entsinne, begann alles ...« Ben unterbrach sich jetzt und schaute Kaya durchdringend an. Und noch ehe er den Mund aufmachte, wusste sie, was jetzt folgen würde. »... mit dem Anderson-Projekt.«

Oh Gott! Begriff Ben etwa, was hier gespielt wurde? Beim bloßen Gedanken daran stockte ihr der Atem. Sie sah langsam auf und zwang sich, ihm so souverän in die Augen zu schauen, wie es ihr nur möglich war.

»Ich ... Also, um ehrlich zu sein, weiß ich nicht, wie du auf so etwas kommst«, stammelte sie, als ihre Stimme ihr wieder halbwegs gehorchte. Aber natürlich hatte er mit jedem Wort auf beängstigende Art recht. »Hör mal, genieß einfach deinen freien Tag mit Marie und mach dir keine Gedanken wegen des Projekts. Ich habe alles fest im Griff.«

Wie gern hätte sie diese Lüge geglaubt, aber sich selbst konnte sie nichts mehr vormachen. Diesen Punkt hatte sie bereits überschritten.

Nach dem Gespräch mit Ben fühlte sie sich zum ersten Mal irgendwie ertappt. Was, wenn andere auch schon angefangen hatten, den Grund für ihr merkwürdiges Benehmen in ihrem Verhältnis zu Erik zu suchen? Weitere Eskapaden durfte sie sich nicht leisten. Auch keine kleinen. In einem Anflug von Verzweiflung beschloss sie, einen kurzen Spaziergang durch den Englischen Garten zu machen. Sie musste ein bisschen laufen, den Kopf frei kriegen.

Die Luft war heute schwül und der Himmel übersät mit dichten, beinahe violetten Gewitterwolken, deren Masse nur vereinzelt von ein paar schmalen Sonnenstrahlen durchbrochen wurde. Kaya lief einen kleinen See entlang, der anmutig und beruhigend auf sie wirkte. Es war schön hier. Idyllisch. Und der Park bis auf ein paar Gänse, die hektisch neben ihr aufflatterten, leer. Sie schloss die Augen, hörte den Wind in den Bäumen rauschen und atmete ein paarmal tief ein und aus. Und grübelte.

Paul war nun mal nicht Erik, aber im Leben gab es nicht nur die eine Art von Liebe, hallten Lous Worte wieder und wieder durch ihren Kopf. Es stimmte, Paul war nicht Erik. Seine Stimme klang anders, sein Lächeln machte etwas anderes mit ihr. Sie selbst war anders mit Paul.

Und dann wanderten ihre Gedanken weiter zu Erik, und sie hörte ihre eigene Stimme leise sagen: »Ab und an träume ich noch von dir. Manchmal ziehst du mich an dich, um mich leidenschaftlich zu küssen, oft aber schauen mich deine Augen voller Verachtung an, und du drehst dich von mir weg. Und jedes Mal wache ich nassgeschwitzt auf, und mein Körper zittert wie verrückt.«

Kaya sank auf die nächste Bank, denn ihre Beine konnten sie nicht länger tragen. Der Himmel hatte sich inzwischen noch stärker zugezogen, und der Wind schob die fast schwarzen Wolken zu einer bedrohlichen Front zusammen.

Sie warf ein paar Steine in den See und beobachtete die seichten Wellen, die sich in Kreisen über die Wasseroberfläche bewegten. Und sie blinzelte, um die aufkommenden Tränen zurückzuhalten.

19

Auf dem Weg zurück ins Büro griff sie zu ihrem Handy.

Bist du demnächst mal wieder in
München?

Keine fünf Minuten später hatte Paul ihr auch schon geantwortet.

Ja – bin seit gestern wieder in der
Stadt. Lust auf einen Wein heute
Abend?

Ja, gern.

Super. Marienplatz,
einundzwanzig Uhr – würde das
bei dir gehen? By the way: Ich
kann es kaum erwarten, dich
wiederzusehen.

Ja, das würde gehen. Bis später.

Bis dahin waren es noch fünf Stunden. Zeit genug also, um sich die richtigen Worte für ihr Vorhaben zurechtzulegen. Aber sosehr sie auch danach suchte, sie wusste, sie würde sie nicht finden.

Kaya entdeckte Paul schon von Weitem. Er stand wartete in der Nähe eines Eisstandes und schien etwas in sein Handy zu tippen.

Wie der heutige Abend wohl verlaufen würde, wenn Erik nicht wieder in meinem Leben aufgetaucht wäre? Wäre es dann aufregend, Paul zu küssen? Wäre ich womöglich sogar schon in ihn verliebt?

Paul schien sie bemerkt zu haben, denn er kam auf sie zu. Sein Gesicht strahlte vor Freude.

»Wow! Da sieht aber jemand wunderschön aus.« Er beugte sich vor, um sie zu küssen, aber Kaya wich seinem Kuss geschickt aus, sodass er ihre Wange statt ihres Mundes erwischte. Paul ließ sich von ihrem Manöver nicht abschrecken und drückte ihr einen Kuss aufs Haar. Anschließend wickelte er eine Strähne davon um seinen Finger.

»Danke für das nette Kompliment. Du siehst aber auch sehr gut aus«, erwiderte Kaya und trat ein Stück zur Seite.

Er suchte ihren Blick. »Warum weichst du mir denn aus?«

Shit! Wie kann ich ihm sagen, dass aus uns beiden nichts wird, ohne ihn vor den Kopf zu stoßen?

Und weil sie die Antwort darauf nicht kannte, beschloss sie, auf seine Frage nicht einzugehen, sondern taktvoll das Thema zu wechseln. Sie wollte nicht gleich hier auf der Straße und inmitten all der Leute mit ihm Schluss machen.

»Paul, ich bin irgendwie nicht so hungrig. Mir würde eine Kleinigkeit genügen. Wie sieht es denn bei dir aus?«

»Ich habe auch keinen großen Hunger.« Der Blick, mit

dem er sie jetzt anschaute, war derart intensiv und warm, dass er ein flaues Gefühl in ihrem Magen verursachte. Wollte sie diesem sympathischen Mann wirklich einen Korb geben?

»Was hältst du davon, wenn wir kurz durch den Park gehen und uns anschließend ins Weinlokal im Innenhof der Residenz setzen?«

»Dein Wunsch ist mir Befehl, meine Schöne.« Er schlang seinen Arm um sie und zog sie eng an sich. Diese Nähe ließ Kaya am ganzen Körper verkrampfen, nahm ihr wortwörtlich die Luft zum Atmen. Und da wusste sie es sicher: Mehr als Freundschaft konnte sie sich mit Paul im Moment nicht vorstellen. Leider!

»Wie läuft es eigentlich in Spanien?«

»So weit ganz gut.« Er schien einen kurzen Moment zu überlegen, bevor er weitersprach. »Außer dass ich dich schrecklich vermisse. Aber wenn alles gutgeht, werde ich meine Arbeit dort Ende nächster Woche abschließen können. Danach kann ich mich voll und ganz auf meinen Islandurlaub konzentrieren. Und auf dich natürlich.«

»Ach ja, Island, das hatte ich ganz vergessen«, gestand sie. »Was muss man denn für so eine Reise alles planen, wenn ich fragen darf?«

»Natürlich darfst du fragen, nächstes Mal begleitest du mich ja vielleicht sogar.« Er konnte sich ein Schmunzeln nicht verkneifen. Ebenso wenig ein vielsagendes Zwinkern. »Ich muss noch einen warmen Schlafsack kaufen. Camping im Freien ist bei den Temperaturen dort immer eine Herausforderung. Vor allem jetzt, wo ich mich an die heißen Temperaturen in Madrid gewöhnt habe.« Dann hielt er abrupt inne. »So, nun zu dir. Was hast du eigentlich in den Tagen ohne mich so alles gemacht?«

Glaub mir, das willst du wirklich nicht wissen, hätte sie am liebsten entgegnet. *Du willst nicht hören, dass Erik Anderson mein Ex ist, er mich leidenschaftlich geküsst hat und ich seitdem kaum noch an dich, sondern nur noch an ihn denken muss.*

Laut sagte sie jedoch nur: »Ach, nichts Besonderes.«

»Und damit soll jetzt Schluss sein. Wir beide werden heute einen unvergesslichen Abend miteinander verbringen.« Paul zog sie noch enger an sich. In seinen Augen lag jetzt ein Verlangen, das Kaya nur zu gut kannte. Allerdings verband sie dieses Gefühl nicht mit ihm. Und noch während sie in sein lächelndes Gesicht blickte, wusste sie, dass sie ihm keine falschen Hoffnungen machen durfte.

Mitten im Gehen hielt sie inne. »Paul, so leid es mir tut, aber das mit uns beiden …« Sie stockte. Dann zuckte sie mit den Schultern, holte tief Luft und fing noch mal an: »Das mit uns beiden, das kann nicht mehr als Freundschaft werden. Zumindest nicht von meiner Seite aus.«

Prompt nahm er den Arm von ihrer Schulter und trat einen Schritt von ihr weg. Das Lächeln in seinem Gesicht war schlagartig verschwunden.

»Wie meinst du das?« Er klang geschockt, beinahe so, als hätte sie ihn geohrfeigt.

»So, wie ich es sage.« Es fiel ihr schwer, diese Worte auszusprechen. Sie bedauerte aufrichtig, dass sie ihm wehtun musste. Andererseits durfte sie ihm keine falschen Hoffnungen machen. »Paul, es tut mir unheimlich leid, aber ich habe mich nicht in dich verliebt. Und glaub mir, ich habe es wirklich versucht, denn du bist ein toller Mann.«

Paul schwieg lange. Es dauerte, bis er begriff, was diese Worte für ihn bedeuteten. »Ich verstehe«, meinte er schließlich und verzog das Gesicht. Es brach ihr das Herz, ihn so zu sehen. »Und um mir all das zu sagen, hast du mich heute Abend um ein Treffen gebeten?« Für ein paar Sekunden herrschte wieder ein bedrückendes Schweigen zwischen ihnen, dann fuhr er fort: »Wieso konntest du mir diese zwei

Sätze nicht einfach per WhatsApp schicken? Das wäre mir ehrlich gesagt lieber gewesen.«

Sie überlegte fieberhaft, was sie darauf erwidern sollte, aber es gab schlichtweg nichts, was ihr passend erschien. Also ließ sie es unbeantwortet.

»Meinst du, wir können dennoch Freunde bleiben?«, fragte sie stattdessen in die entstandene Stille hinein.

Paul jedoch schüttelte entschieden den Kopf. »Nein, keine Freunde.«

Kaya spürte, wie ihr langsam der Atem ausging. Sie fühlte sich noch mieser, falls das überhaupt möglich war. Die Stille war mittlerweile erdrückend. Sie wollte ihm noch so vieles sagen, war aber im Moment zu perplex, um die richtigen Worte zu finden.

»Ich will keine Freundschaft mit dir. Ich will mehr«, betonte er und lächelte. Doch dieses Lächeln reichte nicht bis zu seinen traurig blickenden Augen. »Leb wohl, Kaya.«

Dann vergrub er seine Hände tief in den Taschen seiner Jeans, drehte sich um und ging mit großen Schritten davon.

20

Ein paar Minuten stand Kaya regungslos da, wie unter Schock. *Was nun?*, fragte sie sich. Nach Hause wollte sie nicht, also beschloss sie, auch ohne Paul in den Innenhof der Residenz zu gehen.

Die Atmosphäre dort war an diesem Abend besonders schön, was zum einen an den fröhlichen Unterhaltungen um sie herum lag und zum anderen am weichen Mondlicht, das schon fast magisch auf den Platz fiel. Plötzlich war es wieder in ihrem Kopf, das Gemälde *Caféterrasse am Abend*. Bei der Erinnerung daran zuckte sie unwillkürlich zusammen. Für sie war dieses Bild wie eine offene Wunde, die trotz all der Zeit noch immer nicht verheilt war. Wenn sie an *Caféterrasse am Abend* dachte, dachte sie nicht mehr an die atemberaubende Schönheit des Nachthimmels, sondern an die Eiseskälte in Eriks Augen. Und an die Hilflosigkeit, die sie damals empfunden hatte.

Mit aller Entschlossenheit, die sie aufbringen konnte, versuchte sie, diese Gedanken gleich wieder aus ihrem Kopf zu verbannen.

Nein, die Atmosphäre hier ist nicht dieselbe wie auf dem Bild von van Gogh, sagte sie sich. *Hier gibt es keine Markise. Und auch keinen funkelnden Sternenhimmel, denn der ist durch die Lichter der Stadt nicht zu sehen.*

Kaya sank auf einen Stuhl und bestellte einen schweren Rotwein. Sie fühlte sich, als hätte sie den Gipfel eines steilen Berges erklommen und müsste jetzt für immer oben bleiben, weil sie den Weg hinunter nicht schaffen würde. Sie nahm einen Schluck von dem Wein und versuchte, die Sache mit Paul in ihrem Kopf zu ordnen. Wie war es möglich, dass sie am Ende diesen sympathischen Mann aufgegeben hatte für etwas, das sie nie haben würde?

Gedankenverloren blickte sie in ihr Glas und dachte an ihre allererste Begegnung mit ihm. Der Viktualienmarkt, sein charmantes Lächeln und wie sie selbst so verträumt dagestanden und mit einem Lächeln in den Regen geblickt hatte.

Sie seufzte innerlich. Es wäre schön gewesen, wenn sie seine Gefühle hätte erwidern können. So unkompliziert.

Hätte ihr jemand vor ein paar Wochen gesagt, dass sie Paul wegen Erik aufgeben würde, hätte sie nur den Kopf geschüttelt. Sie hätte das nicht geglaubt. Immerhin war er der erste Mann nach Erik, zu dem sie sich hingezogen fühlte. Und wer wusste schon, wie stark ihre Gefühle für Paul noch geworden wären, wenn sie sich auf ihn hätte einlassen können. Abwesend zog sie mit ihrem Finger das Muster auf ihrem Glas nach und musste unwillkürlich an Lou denken.

Was sie wohl zu dem Ganzen sagen wird? Ich könnte es ja herausfinden, dachte sie und griff nach ihrem Handy, um ihre Freundin anzurufen. Nach dem vierten Klingeln, als Kaya fast schon auflegen wollte, ging Lou ans Telefon.

»Hey, was für eine schöne Überraschung. Was verschafft mir denn die Ehre?«

Kaya konnte am fröhlichen Klang von Lous Stimme erkennen, dass sie lächelte. »Ich sitze gerade in der Residenz. Und da dachte ich, vielleicht hättest du Lust auf Käse, Pfälzer Flammkuchen und ein Glas Wein unter freiem Himmel.«

Lou musste nicht lange überlegen. »Ja, und wie! Geh bloß nicht weg, hörst du? Ich bin in dreißig Minuten bei dir.«

»Hi, hier bin ich!« Lou strahlte über das ganze Gesicht. Sie trug ein sommerlich leichtes Kleid in Weiß und hatte ihre Haare zu einem Pferdeschwanz zusammengebunden.

Kaya musste lächeln. Es war toll, eine Freundin zu haben, mit der sie über alles reden konnte. Die immer für sie da war, wenn sie sie brauchte.

»Ich muss schon sagen, super Idee von dir mit dem spontanen Glas Wein.« Plötzlich hielt Lou inne und betrachtete Kaya mit einem erstaunten Ausdruck in den Augen. »Bist du etwa kurz entschlossen nach der Arbeit hergekommen, oder warum bist du an einem Freitagabend so förmlich gekleidet?«

»Ja, ich bin direkt von der Arbeit hergekommen. Nur war es nicht ganz so spontan«, antwortete Kaya wahrheitsgemäß.

»Nun machst du es aber spannend.« Lou gab der Bedienung mit einem Handzeichen zu verstehen, dass sie dasselbe bestellen wollte wie Kaya, dann lehnte sie sich vor und wartete auf eine Erklärung.

Kaya, die schon den ganzen Abend sehr direkt gewesen war, wollte es auch weiterhin bleiben. »Ich war heute Abend mit Paul auf ein Glas Wein verabredet, um, na ja, um mit ihm Schluss zu machen.«

Lou schien sich nicht sicher zu sein, ob sie richtig gehört hatte, und das sah man ihr auch deutlich an. Doch Kaya fuhr unbeirrt fort: »Und nachdem ich mit ihm Schluss gemacht hatte, hat sich die Sache mit dem gemeinsamen Glas Wein erledigt. Also bin ich allein hergekommen.«

»Sag bloß, ihm ist tatsächlich die Lust vergangen, nur

weil du mit ihm Schluss gemacht hast. Das ist doch nicht zu fassen.« Der Zynismus in Lous Stimme war nicht zu überhören.

»So war das nicht gemeint«, versuchte Kaya sich zu rechtfertigen.

»Ach nein? Und wie dann?«

»Ich kann mir schon denken, was dir durch den Kopf geht. Aber glaub mir, es ist mir wirklich nicht leichtgefallen.«

»Das bezweifle ich auch gar nicht.«

»Und warum schaust du mich dann so vorwurfsvoll an?«

»Ich wollte nur nicht, dass du die Sache mit ihm vorschnell beendest. Das ist alles.«

Sie hatte keinen Konter darauf. Lou hatte ja im Grunde recht. Kaya hätte stärker gegen ihre Gefühle für Erik ankämpfen müssen. Punkt. Dann hätte aus ihr und Paul sicher was werden können.

»Ich wollte ihm nicht länger falsche Hoffnungen machen. Außer Freundschaft kann ich ihm nun mal nichts bieten, jedenfalls nicht im Moment. Und Paul ist ein toller Mann, er verdient mehr als einen halbherzigen Kompromiss«, sagte sie schließlich mit Nachdruck und blickte Lou direkt in die Augen.

»Ja, du hast ja auch vollkommen recht damit. Er sollte eine Frau an seiner Seite haben, die sich voll und ganz auf ihn einlassen kann.«

»Eben.« Kaya zwang sich gar nicht erst, gefasst zu klingen. Vor Lou konnte sie ihre Gefühle offen zeigen. »Was mir aber große Sorgen bereitet, ist der Grund …«

»… aus dem du die Sache beendet hast. Ein Grund, den wir beide kennen«, vollendete Lou den Satz an ihrer Stelle. Tiefe Sorge sprach jetzt auch aus ihrer Stimme.

»Wie wahr.« Kaya blickte zur Fassade der Residenz, die im warmen Licht der vielen Laternen grausilbern schimmerte, und nippte an ihrem Wein.

Ein Rotkehlchen kam zu ihnen an den Tisch geflogen, und sowohl Kaya als auch Lou saßen wortlos da und sahen ihm zu. Schließlich war Lou diejenige, die das Schweigen durchbrach und das Gespräch in eine andere Richtung lenkte – scheinbar ohne jeden Grund.

»Ich will mir gar nicht vorstellen, wie viele Männer ein Doppelleben führen. Beziehungsweise wie viele Frauen in die Geliebtenfalle tappen, in der Hoffnung, dass der vergebene Mann sich eines Tages doch noch von seiner Partnerin trennt.«

»Tja, wenn erst mal Gefühle im Spiel sind, kommt man da so leicht nicht mehr raus. Manche verschwenden sogar ihr ganzes Leben mit Hoffen und Warten.«

»Die Frage ist doch, warum lassen diese Frauen so etwas mit sich machen?« Lou nahm einen Schluck von ihrem Wein.

»Hm, gute Frage. Ich habe mal einen interessanten Artikel darüber gelesen. Dort hieß es, je länger so eine Affäre dauert, desto schwerer fällt der Absprung. Ab einem gewissen Punkt hat man dann zu viel investiert, um sich von der Person zu lösen«, meinte Kaya und bemerkte, dass Lou sie jetzt nachdenklich betrachtete.

»Und was genau hat es mit den Männern auf sich? Soweit ich weiß, trennen sich nur die wenigsten von ihren Partnerinnen.«

»Ich tippe mal auf Bequemlichkeit. Das Neue hat zwar seinen Reiz, birgt aber auch Risiken. Bei ihrer eingespielten Beziehung hingegen wissen sie genau, woran sie sind. Und nicht zu vergessen: Eine Frau, die hofft, tut alles, um den vergebenen Mann von sich zu überzeugen. Das wiederum gleicht diesen innerlich aus. Er hat ja schließlich beides: Sicherheit zu Hause und Leidenschaft bei seiner Geliebten. Warum sollte er also an dieser Situation von sich aus etwas ändern wollen?«

Lou nickte. »Wir halten also fest: Finger weg von vergebenen Typen.« Und nach kurzem Zögern fuhr sie mit einer Eindringlichkeit fort, die Kaya aufhorchen ließ: »Du weißt schon, warum ich so tief in das Thema eingestiegen bin?«

Kaya schaute sie nur an.

»Hände weg von Erik! Ich weiß, er ist dir vertraut. Aber er ist auch vergeben.«

»Okay, ich werde mich von ihm fernhalten.«

»Versprich es«, beharrte Lou.

»Okay, ich verspreche es dir.« Kaya konnte ihr dabei nicht in die Augen sehen, und Lou wirkte auch nicht sonderlich überzeugt. Aber Kaya wusste nicht, was sie sonst hätte sagen sollen.

»Ich möchte nichts voreilig verschreien, aber was London anbelangt, habe ich die schlimmsten Befürchtungen.«

»Ich weiß. Es gibt aber keinen Grund zur Sorge. Er wird nicht dort sein«, sagte sie betont zuversichtlich, obwohl sie tief in ihrem Inneren das Gegenteil spürte.

21

Als Kaya am Freitagmorgen in London Heathrow landete, tobte ein heftiger Sturm. *It's raining cats and dogs!*, dachte sie sich und musste beim Anblick der tief hängenden Wolken schmunzeln. Dann ging sie zum Kofferband, nahm ihr Gepäck entgegen und betrat anschließend die Ankunftshalle. Dort ließ sie ihren suchenden Blick ein paarmal über die Menschenmengen schweifen, bis sie keine zwanzig Meter von sich entfernt einen Fahrer entdeckte, der ein Schild mit ihrem Namen in den Händen hielt. Mit einem freundlichen Lächeln schob sich Kaya zu ihm durch. »Guten Morgen. Ich bin Kaya Martens.« Sie deutete auf das Schild in seinen Händen und reichte dem Mann zur Begrüßung die Hand. »Darf ich Sie bitten, mich ins Savoy zu fahren?«

»Guten Morgen, Mrs. Martens. Sehr gern, bitte folgen Sie mir.«

Während der Fahrt hinterließen die Regentropfen zarte Muster auf der Fensterscheibe, durch die Kaya ihre Umgebung wahrnahm. Da war die glitzernde Londoner Skyline, die hinauf in die Wolken ragte. Der einmalige, kraftvolle Klang von Big Ben. Die grünen Oasen mitten in der Großstadt. Und vieles, vieles mehr.

Es war ein komisches Gefühl, wieder in dieser Stadt zu sein. Diesmal fühlte sich London anders an. Nein, Kaya fühlte sich anders, und mit ihr auch die Stadt. Seit der Trennung von Erik war sie nicht mehr hier gewesen. Und sie wollte auch gar nicht hier sein. Sie wollte lieber zu Hause sein und sich im Schlafanzug mit einer großen Tasse Tee und einem schönen Buch gemütlich auf ihr Sofa kuscheln.

Kaya schloss die Augen, und plötzlich überrollte sie die Sehnsucht wie eine Lawine: die Sehnsucht nach seinen starken Armen, seinem Humor, seiner Liebe. Sie stellte sich vor, wie es wäre, ein Leben mit ihm zu teilen. Wären sie zusammen nach London gezogen? Würden sie dann auch in einem dieser beeindruckenden weißen Häuser wohnen, an denen sie gerade vorbeifuhr? Und würde sie sich nach all den Jahren immer noch bei ihm geborgen fühlen, oder wäre ihre Liebe mit der Zeit verloren gegangen?

Er sollte dir völlig egal sein, ermahnte sie sich, *schließlich ist er nicht mehr Teil deines Lebens. Du bist nur zu Gast in London. Weil er nicht hier sein kann. Und das ist wahrscheinlich auch besser so.*

Langsam öffnete sie die Augen wieder. Über die letzten Jahre hatte sie sich ein Leben aufgebaut, in dem hauptsächlich ihre Arbeit eine Rolle spielte. Es war zwar kein glückliches Leben, aber auf diesem Wege konnte sie wieder funktionieren. Und sie hatte perfekt funktioniert, sie hatte gelächelt und nicht mehr ganz so oft an ihn gedacht.

Es stimmte, man gewann an innerem Frieden, wenn man sich einredete, alles wäre wieder in Ordnung. Möglicherweise nicht gleich, aber im Laufe der Zeit. Nur war er jetzt wieder da, und ihre ganze Welt geriet erneut ins Wanken.

Kaya wusste, sie konnte gar nicht weit genug von Erik entfernt sein. Aber ohne ihn fühlte sie sich einsam, leer und irgendwie verloren. Sie sehnte sich so sehr nach seiner Nähe. Nach einer Nähe, die sie jedes Mal gespürt hatte, wenn er sie in den Armen gehalten hatte. So etwas hatte sie zuvor nicht gekannt. Ohne ihn hätte sie nie erfahren, wie es war, sich absolut glücklich zu fühlen. Und sicher.

Die Erinnerung daran war nur schwer zu ertragen. Kaya blinzelte ein paarmal und dachte dabei an seine Lippen auf ihren. An die Berührung, die Wärme, den Geschmack.

Zwei Tränen rollten über ihre Wangen, und sie wischte sie weg. Dann noch eine Träne und noch eine, bis irgendwann die Stadt vor ihren Augen verschwamm.

»Mrs. Martens, hier wären wir«, sagte der Taxifahrer plötzlich mit einem Lächeln, das sie nur flüchtig erwidern konnte, sonst wären ihm ihre verheulten Augen nicht länger verborgen geblieben.

Während ihr Gepäck von einem Pagen ins Hotel gebracht wurde, blieb sie noch für einen kurzen Moment vor dem Savoy stehen, in der Hoffnung, sich wieder zu beruhigen. Zumindest ein bisschen.

Das legendäre Hotel aus dem 19. Jahrhundert mitten im Herzen Londons war historisch betrachtet das erste britische Luxushotel. Bereits von außen konnte man seinen einzigartigen Ausblick über die Themse sowie die elegante Einrichtung erahnen. Und noch etwas Besonderes gab es hier: Der *Savoy Court*, der Platz vor dem Hotel, war die einzige Straße im Vereinigten Königreich, auf der Rechtsverkehr herrschte.

Ein paar Minuten später betrat Kaya das Hotel durch die hölzerne Drehtür und war sofort überwältigt von dem polierten Marmorboden im klassischen schwarz-weißen Schachbrettmuster. Und von den prächtigen Säulen, die in das weiche Licht der golden schimmernden Kronleuchter getaucht waren.

Mit einem Mal war auch das hektische Treiben der britischen Finanzmetropole wie ausgeblendet: Bequeme Polstermöbel, die stuckverzierte Decke und erlesene Gemälde verbreiteten ein Gefühl von Behaglichkeit. Der extravagante Blumenschmuck und eine Jazzband rundeten das Ganze ab.

Kaya fühlte sofort, wie ihr die Oase der Entspannung und Schönheit guttat. Sie ließ sich im Nebenraum an einem der vielen Schreibtische aus edlem Holz einchecken und wurde anschließend auf ihr Zimmer gebracht. Dieses war im edwardianischen Stil eingerichtet, hatte ein luxuriöses Marmorbad und einen Panoramablick, der atemberaubend war. Genau dort, wo die Themse einen Bogen machte, konnte man die Londoner Sehenswürdigkeiten erkennen: Vom *London Eye* über die sieben Brücken bis hin zum Parlamentsgebäude. Inzwischen hatte sogar der Regen nachgelassen, sodass die graue Oberfläche der Themse silberfarben glitzerte, wenn die Sonne die dicken Wolken durchbrach.

Kaya hatte noch knapp zwei Stunden bis zu ihrem Vortrag. Also sprang sie schnell unter die Dusche, schminkte sich und zog eine cremefarbene Seidenbluse mit raffinierten Details und dazu einen grauen Bleistiftrock an. Ein kurzer Blick in den Spiegel und sie war zufrieden, das Outfit war genau richtig für diesen Anlass.

Aus Gründen, die für sie selbst nicht nachvollziehbar waren, fühlte sich Kaya jedoch auf einmal unwohl darin. Also probierte sie eine schwarze Seidenbluse zu dem Rock. Diese sah in ihren Augen aber aus, als wäre sie zu oft gewaschen worden.

Dabei gab es an den Outfits nichts auszusetzen. Sie waren beide perfekt. Vermutlich war es ihre innere Zerrissenheit, die sich in ihrer Unentschlossenheit widerspiegelte.

Letztendlich entschied sich Kaya für ihr drittes und zugleich letztes Outfit, das sie mitgenommen hatte: ein schwarzes Windsorkleid mit einfallsreichen Raffungen und dezentem Stehkragen. Anschließend steckte sie ihr Haar zu einem Dutt in ihrem Nacken hoch, während sie im Stillen ihren Vortrag durchging.

Der Konferenzbereich selbst war mit kostbaren Antiquitäten ausgestattet und verfügte über einen Empfangs- und einen Tagungsraum. Kaya betrat den Empfangsraum, wo sie zunächst von Robert und Bea begrüßt und im Anschluss den Investoren vorgestellt wurde. Dabei wanderte ihr Blick immer wieder nervös durch den Raum, in der Hoffnung, Erik irgendwo zu entdecken. Oder auch nirgendwo. Im Moment wusste sie selbst nicht, welche Hoffnung überwog.

Kurz darauf eröffnete sie ihren Vortrag. Sie ging auf die Chancen einer Expansion von *Anderson Communications* im mittel- und südeuropäischen Markt ein und zeigte Wege auf, potenzielle Risiken minimal zu halten.

Eine halbe Stunde später war sie bei ihren Abschlussworten angelangt. »Das Geschicklichkeitsspiel Boule und ein Verlagshaus wie *Anderson Communications* haben eines gemeinsam: Beide bilden eine hervorragende Basis, um Nationen miteinander zu vereinen. Über alle Generationen hinweg. Und diese einmalige Chance gilt es für Sie zu ergreifen. Vielen Dank für Ihre Aufmerksamkeit.«

Aus dem Publikum ertönte lauter Applaus. Ein Blick in die Menge und sie wusste: Sie hatte ihre Zuhörer voll und ganz überzeugt. Ein zweiter Blick und ihr stockte der Atem. Dort in der Ecke stand Erik. Und während Kayas Herz stehen zu bleiben drohte, rasten ihre Gedanken. *Er ist also doch gekommen*, dachte sie und spürte eine enorme innere Anspannung und zugleich ein Glücksgefühl. Doch fiel es ihr schwer, sich Letzteres einzugestehen.

»Vielen Dank, Kaya«, hörte sie Robert sagen, als es wieder still war. »Meine Damen, meine Herren, Frau Martens wird Ihnen auch den Rest des Abends für Fragen zur Verfügung stehen. Lassen Sie uns nun zum Dinner übergehen.« Seine freundliche Stimme stoppte glücklicherweise ihr Gedankenkarussell.

Die runden Tische im *Savoy Grill* waren elegant dekoriert, umgeben von prächtigen Blumensträußen in riesigen Vasen. Das Essen war eine moderne Interpretation einer klassischen französischen Küche mit britischem Einschlag und schmeckte hervorragend. Die Investoren an Kayas Tisch waren sehr aufgeschlossen und freundlich.

Kaya beantwortete gerade eine Frage zum Return on Investment, als sie verstohlen zu Erik hinüberblickte. Seine intelligenten, tiefgründigen Augen sahen sie an. Er wirkte undurchsichtig. Irgendwie geheimnisvoll. Wie vertraut ihr dieses Gesicht doch war. Die markanten Züge, das Grübchen an seinem Kinn, dieses Lächeln. Während sie das dachte, zog sich ihr Magen zusammen. Mit diesem Mann hatte sie mal für immer zusammen sein wollen – eigentlich.

Im Laufe des Abends wechselten sie dann in die Hotelbar, die als eine der besten Cocktailbars Londons galt. Die Mixgetränke hier reichten von berühmten Klassikern bis zu den innovativsten En-vogue-Kreationen.

Kaya bestellte den Cocktail *Moonwalk*, der einst für Neil Armstrong bei seiner Rückkehr vom Mond gemixt worden war. Sie nahm einen Schluck von dieser Mischung aus frischem Grapefruitsaft, verfeinert mit ein paar Spritzern erlesenen Rosenwassers, und die wirkte auf sie so beruhigend, dass sie gleich noch einen nahm.

Vielleicht sollte ich so lange trinken, bis meine Nerven völlig betäubt sind oder ich umfalle, dachte sie sich. *Je nachdem, was zuerst passiert.*

Plötzlich bemerkte sie aus dem Augenwinkel, dass Erik auf sie zukam. Bei jedem Schritt, den er sich ihr näherte, schlug ihr Herz schneller.

»Glückwunsch, dein Vortrag hat alle überzeugt.«

Kaya blickte auf. Da stand er in seinem eleganten schwarzen Anzug und sah unglaublich faszinierend aus. Wieder einmal. Vergessen waren die Investoren, vergessen war auch alles andere um sie herum. Ein, zwei Sekunden später schlug diese Faszination wieder um – in Wut und Trotz.

»Du hier? Na, das ist ja reizend!«, sagte sie mit einem ironischen Staunen im Gesicht.

»Da freut sich aber jemand, mich zu sehen«, stellte Erik mit gespielter Ernsthaftigkeit fest.

»Was zum Teufel machst du hier?«

»Tut mir leid, aber ich verstehe deine Frage nicht.«

»Wirklich nicht? Dabei war sie doch ganz einfach.« Kaya hielt kurz inne, um sich zu fassen. Ihre Stimme zitterte, ob vor Nervosität oder vor Wut, war ihr selbst nicht klar. »Nun, dann will ich mal deinem Gehirn etwas auf die Sprünge helfen: Du hast mich gebeten ... Nein, stimmt gar nicht. Du hast mich aufgefordert, diesen Vortrag hier zu halten, weil du an diesem Event angeblich nicht teilnehmen konntest.«

»Keine Ahnung, wovon du sprichst«, entgegnete er trocken.

»Das ist hoffentlich nicht dein Ernst!«

Wütend funkelte sie ihn an, doch alles, was er dazu sagte, war: »Du bist echt süß, wenn du wütend bist, weißt du das?«

Und das mit einer derart ruhigen Stimme, dass Kaya nur noch wütender wurde.

»Danke für die Blumen. Nur beantwortet das nicht meine Frage. Also, was zum Teufel machst du hier?«

»Du hast mir geschrieben, es sei bedauernswert ... Nein, der genaue Wortlaut war: Es sei *äußerst* bedauernswert, dass ich heute Abend nicht dabei sein könne. Ja, da habe ich eben alle Hebel in Bewegung gesetzt, um wenigstens am Abend noch vorbeischauen zu können. Dir zuliebe. Ich wollte nicht, dass du enttäuscht bist. Oder gar traurig.«

Ja, es stimmte, sie hatte es in ihrer Nachricht exakt so formuliert. Aber es nicht so gemeint. Und das wusste er auch. »Deine Erklärung ist lächerlich. Das weißt du genau.«

»Ach, habe ich dich da etwa missverstanden? Das tut mir leid.«

Was dachte er sich eigentlich? Glaubte er allen Ernstes, er könnte sich jetzt auch noch über sie lustig machen? Plötzlich platzte ihr der Kragen. »Weißt du was? Verarschen kann ich mich selbst. Dazu brauche ich dich nicht.«

Erik musterte sie kurz abschätzig. »Soweit ich weiß, ist *Anderson Communications* mein Unternehmen. Und ich kann bei meinen eigenen Veranstaltungen kommen und gehen, wie ich will.« Dann machte er eine kurze Pause. Doch nachdem Kaya nichts darauf erwiderte, fuhr er fort: »Ich muss gestehen, ich wundere mich sehr über deinen Umgangston Kunden gegenüber. Ich kann dir nur raten, daran zu arbeiten. Etwas Empathie und Selbstreflexion würden dir weiß Gott nicht schaden.«

Kaya war über seinen scharfen Tonfall verblüfft. Und verärgert über die Arroganz in seiner Stimme. »Empathie und Selbstreflexion?«

»Ja, Empathie und Selbstreflexion.«

Ihr war zum Schreien zumute, denn Erik hatte die beiden

Worte auf eine spöttische Art artikuliert, die ans Lächerliche grenzte. So, als wäre Kaya der allerletzte Trampel.

»Kennst du die Bedeutung dieser Begriffe überhaupt?«, fragte sie und verzog dabei den Mund zu einem zynischen Lächeln.

»Ich warne dich. Wenn du nicht sofort damit aufhörst, dann –«

»Dann was?«, fiel sie ihm aufgebracht ins Wort. »Wirst du mich dann nächstes Mal nicht mehr dazu zwingen, eines deiner Projekte zu leiten? Das wäre natürlich äußerst bedauerlich. Allerdings könnte ich das verstehen. Empathie und Selbstreflexion sind schließlich für jeden guten Projektleiter ein Muss.«

»Kaya, es reicht! Ich denke …«

Weiter kam er zum Glück nicht, denn plötzlich stand Bea vor ihnen. Die Luft war mittlerweile zum Zerreißen gespannt, und Bea blickte irritiert von Erik zu Kaya und zurück.

»Erik, kann ich dich kurz unter vier Augen sprechen?«

»Gern auch länger. Wir waren ohnehin gerade fertig«, antwortete Kaya an seiner Stelle und machte sich auf den Weg ans andere Ende der Bar. Am liebsten wäre sie umgehend auf ihr Zimmer gegangen, aber das war leider nicht möglich. Sie musste so lange bleiben, bis auch der letzte Investor die Veranstaltung verlassen hatte.

Irgendwann waren dann nur noch Kaya, Erik und ein Investmentbanker an der Bar, dessen Interesse zu später Stunde mehr ihr galt als den Return-on-Investment-Quoten.

»Ich musste mich vorhin regelrecht zwingen, Ihren Worten zu folgen, Mrs. Martens«, plapperte der Banker ziemlich angetrunken und blickte ihr dabei tief in die Augen. »Wenn Sie mal wieder in der Stadt sind, rufen Sie mich an. Hier ist meine Telefonnummer. Ich würde gern einen netten Abend mit Ihnen verbringen.«

»Das glaube ich Ihnen gern«, zischte Erik dazwischen.

Kaya tat, als würde sie Erik gar nicht hören. Stattdessen erwiderte sie das Lächeln des Bankers, nahm seine Visitenkarte entgegen und gab vor, sich über die Einladung zu freuen. »Danke schön, das ist wirklich sehr nett von Ihnen, Mr. Clarks.«

»Für Sie Michael.«

»Okay. Ich bin übrigens Kaya.«

»Kaya – was für ein Name. Schön und selten zugleich. Genau richtig für so eine bezaubernde Frau, wie Sie es sind.«

»Danke für das nette Kompliment, Michael.«

Sie spürte Eriks bohrenden Blick auf sich, und ihr stockte der Atem.

»Mr. Clarks, wenn Sie keine weiteren Fragen zu dem Projekt selbst haben, wären dann der offizielle und auch der inoffizielle Teil des Abends beendet.« Noch im selben Moment hatte Erik den Banker freundlich, aber bestimmt verabschiedet, dann stand er direkt vor ihr und schnaubte verächtlich. »Der Typ ist doch nicht ganz dicht.«

»Ich weiß nicht, was du hast. Ich fand ihn jedenfalls sehr nett«, log sie. »Aber wie dem auch sei, ich muss los. Es ist schon spät.«

»Wir sind noch nicht fertig.« Er trat einen Schritt auf sie zu, war ihr jetzt ganz nah, zu nah.

Kaya hielt den Atem an. Dann hörte sie sich sagen: »Doch, das sind wir! Du hast es selbst gesagt. Also dann, gute Nacht.«

Ihre Stimme klang vor Nervosität ganz heiser. Etwas würde geschehen, das ahnte sie. Sie wollte sich auf dem Absatz umdrehen und flüchten, aber ein Blick in seine Augen genügte, und sie blieb wie angewurzelt stehen.

Sie stellte sich vor, wie seine Hände sich auf ihrer Haut anfühlen würden. Eine Sekunde später spürte sie auch schon seine Finger auf ihrem Arm. Dieses fremde und doch vertraute Gefühl seiner Haut auf ihrer löste ein sinnliches Prickeln aus.

»Ich möchte aber, dass du bleibst«, sagte Erik unvermittelt und zog sie an sich, um sie zu küssen. Zunächst sanft, dann immer fordernder.

Einen Atemzug lang hielt Kaya still, dann erwiderte sie seinen Kuss. In ihrem Kopf protestierte zwar eine Stimme, aber derart leise, dass Kaya sie kaum hören konnte. Wenn sie absolut ehrlich war, wollte sie sie auch gar nicht hören.

Sie schmiegte sich an Erik, der sie noch enger an sich zog. Kaya spürte seine Körperwärme unter seinem Hemd, atmete seinen Duft ein, fühlte seinen Herzschlag.

»Entschuldige, ich bin … Wir sollten besser nicht …«, hörte sie ihn auf einmal wie von Weitem sagen. Widerstrebend löste er sich von ihr und trat einen Schritt zurück.

Kaya merkte, dass das Grau in seinen Augen dunkler geworden war, und hielt die Luft an. Diese Augen machten etwas mit ihr. »Was genau sollten wir besser nicht tun? Das hier etwa?« Sie hob ihre Hand, berührte sanft seinen Nacken, und bevor sie überhaupt wusste, was sie tat, legte sie ihre Arme um seinen Hals, ging auf die Zehenspitzen und küsste ihn erneut.

Als sie etwas später ihre Lippen von seinen löste, hielt sie inne. Es fühlte sich richtig an. Sie wusste aber, dass es das nicht war. »Ich weiß, dass du das hier nicht willst. Bitte entschuldige«, sagte sie zerknirscht. »Ich weiß auch nicht, was gerade in mich gefahren ist.«

»Was redest du da?«, fragte er sanft. »Wenn ich es nicht wollen würde, würde ich dich dann so küssen?« Er hob mit der linken Hand ihr Kinn an und beugte sich zu ihr herunter. Diesmal küsste er sie derart innig, dass ihr die Tränen in die Augen schossen. Wie sehr hatte sie sich nach diesem Moment gesehnt?

»Du siehst heute Abend wunderschön aus, weißt du das?«, flüsterte er ihr ins Ohr, nachdem er sie widerstrebend losgelassen hatte. Sein Blick wanderte von ihren Augen über ihren Körper, und zum ersten Mal seit sie sich vor ein paar Wochen wieder begegnet waren, fühlte Kaya sich von Erik gesehen. Nicht nur betrachtet, sondern wirklich gesehen.

»Ich glaube, ich sollte jetzt besser gehen.« Er fuhr sich unschlüssig mit der Hand über das Gesicht.

»Kannst du nicht noch kurz bleiben? Nur ganz kurz. Ich möchte dir etwas zeigen. Bitte.«

Einen Augenblick lang zögerte er. Sie fing seinen unsicheren Blick auf und lächelte ihn an. Er erwiderte ihr Lächeln, nickte knapp und folgte ihr auf ihr Zimmer.

An der Tür angekommen, sagte sie: »Und nun die Augen schließen. Ich nehme deine Hand und führe dich.«

Du kannst mir vertrauen, hätte sie gern noch hinzugefügt, aber sie tat es nicht. Denn sie wusste, ihr zu vertrauen, war genau das, was er nun mal nicht konnte.

Schnell schob sie diesen Gedanken beiseite und führte Erik vorsichtig ans Fenster. Es war dunkel, nur ein paar schwache Lichtstreifen fielen durchs Fenster in das Zimmer.

»Und jetzt die Augen öffnen«, flüsterte sie ihm ins Ohr.

»Wow, das ist ja unglaublich!«, rief er begeistert. Einen Moment lang schwiegen sie beide, während sie die schimmernden Brücken Londons betrachteten.

»Ja, nicht wahr? Von hier aus malte Claude Monet seine legendären Brücken von London, als er …« Kaya bemerkte, dass Eriks Aufmerksamkeit nicht länger der Aussicht galt, sondern ihr. Sie schaute ihn an und hatte das überwältigende Gefühl, dass er sie jeden Moment wieder küssen würde. Sie konnte es in seinen Augen lesen, die vor Verlangen dunkel schimmerten und unter deren Blick ihre Haut zu kribbeln anfing.

Und ich? Ich will es auch, dachte sie benommen und fuhr sich sanft mit der Zunge über die Lippen.

Erik, dem diese tiefe Sehnsucht in ihrem Gesicht nicht entgangen war, schloss sie jetzt fordernd in seine Arme. Als seine Lippen auf ihren lagen, küsste er sie mit einer solchen Intensität, dass sie kaum noch Luft bekam. Kaya spürte seine Hände, die ihren Rücken entlangglitten und ihren Po umfassten. Sie wusste: Was sie hier taten, war nicht richtig. Sie sollte aufhören, sich zurückziehen. Die nagende Stimme ihrer Vernunft versuchte sich Gehör zu verschaffen. Und scheiterte. Kaya ignorierte ihre Zweifel, ihre eigenen Verletzungen. Sie wollte das. Sie wollte ihn.

Erik schien ebenfalls nicht wegzuwollen. Er hielt zwar kurz inne, aber nicht, um das Ganze zu beenden. Nein, in seinen Augen spiegelte sich unverkennbar die Frage, ob es ihr genauso ging wie ihm. Ob sie auch eins mit ihm werden wollte, so wie er mit ihr.

Kaya zitterte inzwischen vor Begehren am ganzen Körper. All ihre Vorsätze waren verflogen. Sie konnte nur noch an seine Berührungen denken, seine Lippen, seinen Geschmack.

Einen Moment standen sie beide einfach nur da, sahen einander an, atmeten schwer.

Kaya hatte noch nie etwas so sehr gewollt wie ihn genau jetzt. Noch nie etwas so sehr gebraucht. Aber das würde sie ihm nicht sagen. Sie würde nur diese eine Nacht in sich aufsaugen, damit sie sich später an jede einzelne Sekunde erinnern konnte. An den Geruch seiner Haut, an seine vor Verlangen rau klingende Stimme, an den durchdringenden Blick seiner grauen Augen. Später, wenn er schon längst wieder aus ihrem Leben verschwunden war.

Erik hob Kaya hoch und trug sie zu dem großen Bett hinüber, wo er sie behutsam auf die Kissen legte. Er löste ihr Haar und strich ihr mit der Hand ein paar Strähnen aus dem

Gesicht, während er mit der anderen langsam nach unten glitt: erst über ihre Wange, danach an ihrem Hals entlang bis hinunter zu ihrer Brust, wo er ihre Brustwarze mit seinen Fingern so lange reizte, bis Kaya vor Lust erschauderte.

Seine Hände ließen kurz von ihrem Körper ab und ergriffen das untere Ende ihres Kleides, um es ihr auszuziehen. Kaya empfand es als eine Befreiung, denn sie wollte seine Haut direkt auf ihrer spüren. Blind vor Verlangen tastete sie nach den Knöpfen seines Hemdes und zwang sich, dieses lästige Stück Stoff aufzuknöpfen, anstatt es einfach wegzureißen. Als sie beide endlich nackt waren, schlang sie ihre Arme um Erik und presste sich an ihn.

Sie merkte, wie er unterdessen immer mehr die Kontrolle über sich verlor. Sein »Ich will dich so!« war lediglich ein raues Flüstern, und sein Atem ging nur noch stoßweise.

Beim Blick in seine Augen erkannte Kaya die Zerrissenheit, die sie selbst auch empfand. Sie wussten beide, heute Nacht würde sich alles und zugleich nichts ändern. Was auch immer geschah, das verloren gegangene Vertrauen ließe sich nicht durch diese eine gemeinsame Nacht wiederherstellen. Das, was sie trennte, ließe sich nicht einfach wegküssen. Und obwohl sie es genau wussten, konnten sie nicht anders. Jedenfalls nicht mehr.

»Erik, worauf wartest du noch?«, wisperte Kaya, die vor Verlangen nicht mehr klar denken konnte.

Er schien auf exakt diese Worte gewartet zu haben. Mit einem leisen Stöhnen vergrub er sein Gesicht an ihrem Hals und hauchte dabei ihren Namen, während er voller Leidenschaft in sie eindrang. Erst sanft, dann immer schneller und immer tiefer, bis sie vor Erregung bebte.

Sie konnte die Spannung fühlen, die in der Luft und in ihren Körpern war. Sie konnte fühlen, dass sich diese Spannung jeden Moment entladen würde, während sie sich ineinander verschlungen gemeinsam bewegten.

Oh Gott, ging es ihr mit einem Mal durch den Kopf, *ich habe diesen Mann vom allerersten Augenblick an geliebt, als ich ihn sah, und ich werde ihn immer lieben. Ganz egal, was nach heute Nacht auch passieren wird.*

Erik streichelte nun ihren Bauch und ihre Brust, saugte erst an der einen und dann an der anderen Brustwarze, so lange, bis ihr vor Erregung schwindelig wurde und sie laut aufstöhnte. Ihre Körper kannten sich, beide wussten, was dem anderen gefiel, und so fanden sie schnell einen gemeinsamen Rhythmus, der Kaya die Sinne raubte.

»Bitte lass mich nicht länger warten«, flehte sie schließlich wie in Trance, und er steigerte das Tempo und die Intensität seiner Bewegungen. Ihr Körper fing an zu beben, ihre Finger krallten sich in seinem Rücken fest, und sie schrie vor Verlangen auf.

Zusammen erlebten sie einen berauschenden Höhepunkt, der ihnen die ersehnte Erlösung brachte.

Danach lagen sie noch ineinander verschlungen da. So als wollte jeder den anderen so lange wie nur möglich bei sich halten. Doch irgendwann löste sich Erik von ihr, legte sich neben sie und schloss für einige Sekunden die Augen. Als er sie wieder öffnete, brachte es Kaya nicht fertig, ihn anzusehen. Zu sehr fürchtete sie sich vor dem, was sie in seinem Gesicht sehen könnte. Denn zum ersten Mal seit Langem fühlte sie sich vollständig, und sie wollte diese Empfindung nicht wieder verlieren. Auch wenn sie innerlich genau wusste, dass es so kommen würde.

»Kaya, ich …«, begann Erik, aber sie wollte nicht hören, was er ihr zu sagen hatte. Sie wollte nicht hören, dass das alles nicht hätte passieren dürfen. Dass es ein großer Fehler gewesen war, den er nun bereute. Denn sie wusste, an ihren Gefühlen für ihn würde sich auch nach dieser Nacht nichts ändern. Sie wären weiterhin so stark wie bisher, wenn nicht sogar stärker. Aber sie hatte schreckliche Angst davor, ihm das zu zeigen.

Also legte sie einen Finger auf seinen Mund und sprach sanft: »Pscht, nicht jetzt. Ich weiß, was du sagen willst. Und es ist in Ordnung. Aber sag jetzt bitte nichts. Dafür ist morgen noch Zeit.«

Sie seufzte leise und lächelte ihn an. Und in diesem Moment dachte sie: *Ich weiß nicht, was ich für dich noch bin. Ich weiß nur, dass ich für dich nicht das bin, was du für mich bist. Aber ich bin dir auch nicht egal. Ein schwacher Trost zwar, aber immerhin.*

Erik zog sie in seine Arme, strich ihr eine Strähne aus dem Gesicht und flüsterte in ihr Haar: »Okay.«

Sie schmiegte sich an seinen muskulösen Körper, atmete seinen männlichen Körperduft tief ein und ließ sich von seinen regelmäßigen Atemzügen beruhigen. Die Welt mit all ihren Problemen war in diesem Augenblick weit weg, und Kaya fühlte sich wieder sicher. Und geborgen.

Eine ganze Weile lagen sie noch schweigend da. Haut an Haut. So wie einst. Kaya schloss die Augen. Sie wusste, wenn Erik ihr sagen würde, dass er sein Leben mit ihr verbringen wollte, wenn er sie bitten würde, bei ihm zu bleiben, würde sie nicht ablehnen. Aber tief im Inneren wusste sie auch, dass das nicht geschehen würde.

Also versuchte Kaya sich genau einzuprägen, wie es sich anfühlte: seine Haut auf ihrer, sein Atem an ihrer Wange. Sie wollte dieses überwältigende Gefühl für immer in ihrer Erinnerung festhalten.

Versonnen lauschte sie seinem Herzschlag. So lange, bis ihre Augenlider nach und nach immer schwerer wurden und sie irgendwann in seinen Armen einschlief.

22

Bei Tagesanbruch wachte Kaya abrupt auf. Sanftes Licht fiel durch die Vorhänge und tauchte das Zimmer in das dunstig-blaue Schimmern der Morgendämmerung. Sie blinzelte verstört und schaute sich im Raum um. Dann kamen die Erinnerungen an den letzten Abend zurück, und sie suchte reflexartig mit der Hand nach Eriks Körper. Zunächst unbekümmert, ein paar Sekunden später schon mit einem flauen Gefühl im Magen. Als sie mit der Hand über sein Kopfkissen fuhr, bemerkte sie das Stück Papier, das darauf lag.

Mit flatterndem Herzen tastete sie nach dem Lichtschalter ihrer Nachttischlampe und knipste sie an.

Kaya,

ich hätte es nicht so weit kommen lassen sollen.
Es tut mir leid.

Erik

Seine Worte trafen sie mitten ins Herz. Er war gegangen. Und diese zwei Sätze auf einem verdammten Stück Papier waren alles, was er ihr zu sagen hatte?!

Kaya zerknüllte den Zettel und warf ihn wütend auf den Boden. Zutiefst niedergeschlagen und verzweifelt rollte sie sich auf Eriks Seite des Bettes hinüber und atmete den Geruch seiner Haut ein. Mit einem Mal spürte sie wieder das Gewicht seines Körpers auf ihrem, fühlte seinen warmen Atem an ihrer Haut.

Jetzt erst begriff sie wirklich, was letzte Nacht passiert war. Und die Bedeutung dessen konnte sie am ganzen Körper spüren: Einerseits sehnte sie sich nach seiner Nähe, so sehr, dass ihr das Herz in der Brust wehtat, andererseits machte sie sich bittere Vorwürfe. Wenn sie an die letzte Nacht zurückdachte, wusste sie genau: Es war ein Fehler gewesen. Sie hätte diese Nacht nicht zulassen dürfen. Niemals. Der Gedanke an ihr eigenes Versagen drohte sie zu lähmen.

Plötzlich wurde ihr übel. Sie schloss die Augen, legte den Kopf in die Hände und weinte, anfangs leise, dann immer heftiger, bis sie schließlich unablässig zitterte und kaum noch Luft bekam. Kaya rappelte sich auf, wickelte das Bettlaken um ihren Körper und trat hinaus auf den Balkon.

Der kalte Wind nahm ihr beinahe den Atem, und sie zog das Bettlaken noch enger um sich. Dann verschränkte sie die Arme und schaute in den Sonnenaufgang. Sie stellte sich vor, dass Erik jetzt wieder bei seiner Anne war, und diese Vorstellung schnürte ihr die Kehle zu.

Kaya legte ihre Hand in den Nacken und holte tief Luft. Es lag ein graublauer Dunstschleier über London. Eine Atmosphäre wie auf Monets Bildern. Und schlagartig war sie wieder da, die Erinnerung an den Moment, als sie Erik diese atemberaubende Aussicht gezeigt hatte. Wie er vor ihr gestanden hatte, seine Augen dunkel vor Verlangen.

Eine kalte Windböe ließ sie schaudern und holte sie unsanft zurück in die Gegenwart.

Du hattest dir geschworen, nie wieder etwas mit diesem Mann anzufangen, erinnerte sie sich aufgebracht. Doch dann genügte ein einziger Kuss, und schon war alles vergessen. *Und nun hast du all deine Vorsätze über Bord geworfen. Einfach so.*

Einsamkeit breitete sich in ihr aus. Und eine innere Leere. Sie wünschte sich, sie wäre nicht so allein. Sie wünschte sich, er wäre hier. Bei ihr.

Kayas Kopf dröhnte, ihre Augen brannten. Sie verbarg ihr Gesicht in den Händen, schloss die Augen und sagte sich, dass es keinen Zweck hatte, sich an etwas zu klammern, das vorbei war. Dann brach sie weinend auf dem Boden zusammen.

Ein paar Minuten später kam sie langsam wieder zur Ruhe. Sie stand auf und ging mit wackeligen Beinen zurück ins Zimmer. Sie schüttelte den Kopf. Das alles wegen jemandem, der aus ihrem Leben verschwunden war. Schlimmer noch, der bereits zum zweiten Mal aus ihrem Leben verschwunden war.

Sie seufzte tief und fragte sich, was sie noch hier machte. Warum war sie nicht schon längst auf dem Weg zum Flughafen, um den allerersten Flug zurück nach München zu nehmen? Sie wollte nur noch weg. Weg aus diesem Zimmer und weg aus dieser Stadt.

Im Flieger versuchte sie zuerst zu schlafen, dann zu lesen und irgendwann nur noch, die letzten vierundzwanzig Stunden irgendwie hinter sich zu lassen, egal wie. Jedoch vergebens.

Was mache ich denn jetzt bloß?, fragte sie sich verzweifelt und schaute aus dem Fenster. Unter ihr lag der Ärmelkanal, über ihr gab es nur die Weite des Himmels. Kaya wusste, sie musste in ihrer momentanen Verfassung allein sein. Schon als Kind hatte sie sich von der Außenwelt abgeschottet, wenn es ihr nicht gutgegangen war. In solchen Momenten hatte sie sich immer in ihrem Zimmer eingesperrt und ein Buch gelesen. Aber diesmal funktionierte das nicht. Sie musste für sich sein. Und sie musste nachdenken. Doch sie war viel zu aufgewühlt, um allein zu Hause zu sein. Daher entschied sie, vom Flughafen aus direkt in die Berge zu fahren. Und sei es nur für einen Tag. Ihre Gedanken würde sie zwar auch dort nicht abschalten können, aber alles war besser, als sich in ihrer Wohnung den Kopf über die verfluchten letzten vierundzwanzig Stunden zu zermürben.

Das kleine Bergdorf in Österreich war idyllisch, umgeben von vielen Seen und landschaftlich atemberaubenden Wanderwegen. Es war erstaunlich, was für eine Ruhe auf der malerischen Strecke herrschte, auf der sie gerade wanderte. Was für ein unbeschreibliches Gefühl es doch war, sich hier zu bewegen. Ein bisschen so, als ob sie alles hinter sich gelassen hätte.

Der Herbst kündigte sich an: Einzelne Blätter an den Bäumen färbten sich schon bunt, die Sonnenstrahlen waren inzwischen spürbar kühler und die Seen in weiches Herbstlicht getaucht. Vereinzelt konnte man die eine oder andere kleine Wolke am Himmel sehen.

Kaya liebte das Wandern, umringt von faszinierenden Landschaften. Ihr stressiger Alltag und alle damit verbundenen Probleme erschienen ihr dabei immer ein bisschen unwichtiger. Doch ob das auch diesmal so sein würde, wusste sie nicht. Aber wenn es überhaupt eine Chance gab, ihr Gefühlskarussell anzuhalten, dann hier, inmitten dieser endlosen Freiheit.

Bei einem kleinen Bach legte sie schließlich eine Pause ein, um ihre müden Füße zu erfrischen. Während sie dem sanften Plätschern des Wassers lauschte, ließ sie zum ersten Mal etwas zu, das sie bisher immer gewaltsam unterdrückt hatte: den Wunsch, beruflich neue Wege zu gehen. Keine Frage, ihre Stelle bei *Schmidt & Partner Consulting* bedeutete spannende Projekte, ein sehr gutes Gehalt und nach nur etwas mehr als fünf Jahren die einmalige Gelegenheit, Partnerin zu werden. Aber tief in ihrem Herzen wusste sie, diese Partnerschaft würde sie nicht lange ausfüllen. Nicht nach alldem, was vorgefallen war. Was sie jetzt brauchte, war etwas völlig anderes: die Möglichkeit, ihre eigenen Ideen zu verwirklichen, ohne dass jemand ihr ständig dazwischenfunkte.

Versonnen stand sie auf und ging ein paar Schritte im kristallklaren Wasser. Über den Kies kräuselten sich kleine Wellen. Sie sah die Steine unter ihren Füßen, nahm sie jedoch nicht wirklich wahr, denn zu viele Fragen schwirrten ihr durch den Kopf.

Der Gedanke, mein eigener Chef zu sein, ist sehr verlockend, aber hätte ich auch den Mut, diesen Schritt tatsächlich zu wagen? Alles zu riskieren? Mein eigenes Schicksal wäre dann unweigerlich mit dem Erfolg meines Unternehmens verbunden. Scheitert mein Unternehmen, scheitere ich.

Bisher hatte ihr zu diesem Schritt der Mut gefehlt – gerade wegen ihres starken Bedürfnisses nach finanzieller Sicherheit. Jetzt aber war sie kein Kind mehr. Sie war erwachsen und bereit, diesen Schritt zu gehen. Ein Schritt, der für sie der absolute Inbegriff von Freiheit war. Und Freiheit war das, wonach sie sich in Momenten wie diesem am meisten sehnte. Vielleicht, weil ihr diese Freiheit auch ermöglicht hätte, Eriks Auftrag einfach abzulehnen. Ohne große Erklärungen. Einfach so.

Kaum schloss sie die Augen, ertappte sie sich bei dem Gedanken an Erik. Daran, wie es gewesen war, ihn zu küssen. Ihn zu spüren. Ihr Körper erschauderte. Schnell schob sie den Gedanken wieder beiseite und beschloss weiterzugehen.

Sie wanderte noch eine ganze Weile, dann hatte sie den Gipfel erreicht. Wie in Trance atmete sie ein paarmal die klare Luft tief ein und aus. Sie lauschte dem Rauschen des Windes und den Flügelschlägen der Alpenvögel. Die Zeit schien stillzustehen.

Das Gefühl, auf dem Gipfel eines hohen Berges zu stehen und den berauschenden Blick über eine schneebedeckte Landschaft zu genießen, war unglaublich. Unglaublich intensiv. Unglaublich beeindruckend. Hier oben gab es eine grenzenlose Weite, ein willkommener Gegensatz zu der Beklemmung, an der sie gerade innerlich zu ersticken drohte. Hier oben konnte sie gleichzeitig zurückblicken und nach vorne schauen.

Und plötzlich verspürte Kaya das Bedürfnis, mit jemandem über das, was in London vorgefallen war, zu reden. Sie war sich sicher: Wenn sie Marie die ganze Geschichte mit Erik erzählen würde, hätte sie Verständnis für sie. Aber sie hatte dennoch Angst, es ihr zu sagen. Auch Lou würde weiterhin ihre beste Freundin bleiben. Ganz sicher würde sie das. Aber vor Lou hätte sie sich rechtfertigen müssen, und das wollte sie nicht. Nicht im Moment jedenfalls. Somit konnte Kaya nicht einmal ihr erzählen, dass sie Erik geküsst hatte. Ganz abgesehen davon, dass sie mit ihm geschlafen hatte.

Nein, niemand durfte wissen, was in London vorgefallen war. Außer Erik und ihr. Und während Kaya so dastand und in die Ferne schaute, passierte etwas mit ihr. Etwas, womit sie selbst nie gerechnet hätte. Ohne groß nachzudenken, holte sie ihr Handy heraus und tippte:

Hallo Erik,

ich kann dir gar nicht sagen, wie viel mir diese Nacht mit dir bedeutet hat. Es war einfach unglaublich schön. Wie damals, als du noch in München warst. Bei mir.
Ich vermisse diese Zeit. Ich vermisse es, neben dir einzuschlafen und aufzuwachen. Ich vermisse deinen Humor, dein Grinsen, diese Geborgenheit, die ich nur in deiner Umarmung spüren kann.
Ich habe dir nie erzählt, wie niedergeschlagen ich nach unserer Trennung war. Und ich weiß auch nicht, ob ich jetzt die richtigen Worte finden werde.
Du bist damals noch in derselben Nacht aus unserer Wohnung ausgezogen und ich nur wenige Wochen später. Ich brauchte eine neue Umgebung, einen Neuanfang. Ich musste lernen, mit dem Schmerz zu leben, dich nicht mehr in meinem Leben zu haben.
Bis heute kann ich keine Bilder

von van Gogh sehen, ohne
wehmütig zu werden. Oder das
Snoopy-T-Shirt tragen, das du mir
aus New York mitgebracht hast.
Erinnerst du dich noch daran? Ich
weiß, das ist lange her. Sehr lange.
Aber als ich vor Kurzem etwas
von Snoopy anhatte, fühlte ich
mich sofort wieder zu jenem
Abend zurückversetzt, an dem du
mir dieses T-Shirt geschenkt hast.
In diesem Augenblick warst du da.
Bei mir. Auch nach so langer Zeit.

Eigentlich wollte ich
irgendwann persönlich mit dir
darüber reden, was in jener Nacht
auf Jonas' Party wirklich passiert
ist. Aber bisher hat mir der Mut
dazu gefehlt. Und jetzt wird es
kein Irgendwann mehr geben.
Daher möchte ich es dir auf
diesem Wege erzählen.

Jonas hat versucht, mich zu
küssen. Gegen meinen Willen. Er
muss dich aber irgendwie
bemerkt haben, denn von einer
Sekunde auf die andere stieß er
mich von sich und, na ja, den Rest
kennst du ja schon.

Warum ich dir das alles
überhaupt erzähle? Genau weiß
ich es selbst nicht. Vermutlich,
weil es mich immer noch
unendlich traurig macht, dass du

mir damals noch nicht einmal die
Chance gegeben hast, dir alles zu
erklären.

Kaya

PS: Ich wünsche dir, dass deine
neue Liebe für dich das ist, was
du für mich immer warst –
einzigartig.

Sie las ihren Text zigmal durch. Die Tränen, die ihr dabei kamen, versuchte sie gar nicht erst zurückzuhalten. Ein paar Minuten blieb sie still, starrte reglos auf ihr Handy und sprach dabei leise vor sich hin: »Ja, ich liebe dich, und ich werde dich nie vergessen. Nicht einen einzigen Tag lang. Aber nun ist es für mich an der Zeit, dir Lebewohl zu sagen.«

Dann drückte sie auf *Senden*.

Im Nachhinein war es erstaunlich einfach gewesen, Worte zu finden und sie Erik zu schicken. Fast so, als hätte sie fünf Jahre lang darauf gewartet, dies tun zu können. Sie fühlte sich traurig. Aber auch befreit.

Kaya wischte sich die Tränen aus den Augen, die lautlos auf den Boden getropft waren, und hielt ihre Beine umschlungen. Sie schaute sich um, ließ alles noch einmal auf sich wirken. Ihr Blick schweifte zu den umliegenden Bergen und blieb am höchsten hängen.

Jemandem zu vertrauen ist, wie auf einen Gipfel zu steigen, überlegte sie. *Je weiter man sich nach oben wagt, desto größer ist die Fallhöhe. Die Wahrheit ist, damals wie heute, dass ich*

Die Windböe, die die Wolken schnell über den Himmel schob, streifte ihren Nacken und ließ Kaya erschaudern. Und da fiel ihr auf, dass sie schon die ganze Zeit fröstelte. Sie zog den Reißverschluss ihrer hellblauen Fleeceweste zu und konzentrierte sich auf das Wiegen des Edelweißes im Wind. Kurze Zeit später beschloss sie, zurückzuwandern, denn allzu lange würde es vermutlich nicht mehr dauern, bis es dämmerte. Bevor sie ihr Hotel erreicht hatte, schaute sie aber noch elfmal nervös auf ihr Handy. Dreimal, um sich zu vergewissern, dass die Nachricht auch tatsächlich zugestellt worden war, die restlichen acht Male, um zu prüfen, ob er ihr inzwischen geantwortet hatte.

Als sie gerade dabei war, ein weiteres Mal auf ihr Handy zu schauen, sah sie Erik plötzlich bildlich vor sich. Sie sah, wie er ihre Nachricht völlig unbeteiligt öffnete und beiläufig überflog, bevor er sie anschließend mit einem Schulterzucken löschte.

Bei dieser Vorstellung lief ihr ein kalter Schauer über den Rücken. Sie zwang sich, an Entspannung zu denken. Und an Schlaf. Beides Dinge, die ihr Körper nach dem ganzen Gefühlschaos dringend brauchte. Und tatsächlich fiel sie an diesem Abend in einen tiefen, traumlosen Schlaf.

Mitten in der Nacht wurde sie von einem Ton geweckt, der den Eingang einer Whatsapp-Nachricht verkündete. Kaya schreckte hoch, knipste das Licht an und tastete reflexartig nach ihrem Handy, während sie versuchte, sich zu erinnern, wo sie überhaupt war. Und warum ihr das Herz bis zum Hals schlug, als sie die Tastensperre entfernte.

Hey, alles okay bei dir in London?

Die Nachricht war von Lou. Kaya legte ihr Handy zurück auf den Nachttisch und vergrub ihr Gesicht in den Händen. Es war schön, von Lou zu hören, das war es wirklich. Aber im ersten Moment war sie enttäuscht, dass die Nachricht nicht von Erik war. Und ein paar Sekunden später war sie dann enttäuscht von sich selbst, dass sie darüber enttäuscht war. Was für ein Chaos.

Kaya setzte sich im Bett auf, schlang ihre Arme um die Knie und schüttelte fassungslos den Kopf.

Ich habe ja schon geahnt, dass in London etwas passieren könnte, und bin dennoch allein hingefahren. Und warum?, hörte sie in ihrem Kopf eine leise Stimme fragen, während sie ihre Knie noch enger an sich zog. *Weil ich instinktiv gehofft habe, dass etwas passieren würde.*

Es fiel ihr schwer, sich das einzugestehen. Nur ließ es sich auch nicht länger leugnen. Resigniert knipste sie das Licht aus. Aber schlafen konnte sie nicht. Stattdessen wälzte sie sich so lange herum, bis sie sich in dem weißen Bettlaken komplett verfangen hatte. Dann tat sie, was sie als Kind immer getan hatte, wenn sie nicht schlafen konnte. Sie begann, Schafe zu zählen. Zuerst empfand sie es als entspannend, irgendwann als zermürbend und ab Schaf Nummer siebenundneunzig nur noch als unerträglich. Bei Schaf Nummer hundertdrei gab sie endlich auf, knipste das Licht wieder an und schrieb Lou eine kurze Nachricht zurück.

Hi :-)

Alles gut bei mir. Hoffe, bei dir
auch.
Ich melde mich, sobald ich
wieder in München bin.

LG & bis ganz bald.

Kaya sank auf das Bett zurück, verabscheute sich selbst zutiefst für diese Lüge. Sie wusste nicht, was schlimmer war: dass sie keine andere Lösung wusste, als selbst ihre beste Freundin anzulügen, oder dass sie sich an all die Lügen inzwischen fast schon gewöhnt hatte.

23

Am Montagmorgen hatte Kaya bereits beim Aufstehen das ungute Gefühl, dass das sicher nicht ihr Tag werden würde. Und in der Tat, sie schüttete nicht nur den Espresso über ihre gesamte Schminkkommode, sondern ließ auch ihren Firmenausweis zu Hause liegen und musste noch einmal zurück, um ihn zu holen. Unterwegs dachte sie an die unangenehme Aufgabe, die ihr heute bevorstand: ihrem Chef mitzuteilen, dass sie ab sofort aus dem Anderson-Projekt aussteigen würde.

Nachdem sie endlich im Büro angekommen war, legte sie schnell ihre Sachen an ihrem Platz ab und machte sich gleich auf den Weg zu ihm.

Kaya hatte keine Ahnung, wie oft sie schon über den edel glänzenden dunklen Marmorboden auf Schmidts Büro am Ende des Flurs zugegangen war – jedenfalls oft genug, um gar nicht mehr das Firmenlogo von *Schmidt & Partner Consulting* zu bemerken, das über dem Empfang an der Wand indirekt beleuchtet wurde. Dieses Mal jedoch bemerkte sie es, sie starrte es sogar an. Wie etwas, das sie zwar wiedererkannte, aber mit einem neuen inneren Abstand betrachtete.

Sie seufzte innerlich und klopfte an Schmidts Tür. Zunächst leise und dann, als keine Antwort kam, lauter.

»Wer stört denn jetzt schon wieder?! Kann man hier nicht eine Minute in Ruhe arbeiten?«, hörte sie Schmidt drinnen schimpfen.

Es gibt kein Zurück mehr, sagte sie zu sich und zwang sich, trotz weicher Knie sein Büro zu betreten.

»Guten Morgen. Offensichtlich komme ich«, sie stockte und betrachtete ihren genervt dreinblickenden Chef, »ähm, gerade etwas ungelegen. Kein Problem, ich schaue einfach später noch mal bei Ihnen vorbei.« In dem Moment aber, als sie sein Büro wieder verlassen wollte, bemerkte sie dummerweise, wie seine rechte Augenbraue langsam nach oben wanderte.

»Was schauen Sie mich so an? Klar kommen Sie ungelegen. Aber Sie denken doch nicht allen Ernstes, dass Sie mich später nicht stören würden?«, fragte Schmidt unüberhörbar gereizt. Dann legte er eine Pause ein, um seinen Worten Ausdruck zu verleihen. »Was machen Sie überhaupt schon hier? Ich hatte Sie noch im Flieger vermutet.«

Ich hätte nicht gedacht, dass jemand heute noch schlechter gelaunt sein könnte als ich, aber so kann man sich täuschen, überlegte sie, während sich auf ihrem Gesicht ein nichtssagendes Lächeln andeutete. »Ich bin etwas früher aus London zurückgekommen als geplant.«

»Was Sie nicht sagen. Zu Ihrer Information: Solche Statements können Sie sich in Zukunft sparen. Ich bin nicht blind.«

Am liebsten hätte Kaya sein Büro auf der Stelle wieder verlassen.

»Sie können gleich etwas zu London erzählen. Ich nehme an, deswegen sind Sie hier. Aber zuerst bin ich dran. Setzen Sie sich.« Er kam hinter seinem Schreibtisch hervor und fing an, im Raum hin- und herzulaufen. »Wollen Sie einen Espresso?«, fragte er gedehnt und schaute sie dabei ein wenig freundlicher an.

»Nein danke.« Das Letzte, wonach ihr in diesem Moment zumute war, war ein Kaffeekränzchen mit ihrem Chef.

»Gut, wie Sie meinen. Ich wollte es Ihnen zumindest angeboten haben. Andererseits, wenn man Partnerin wird, sollte man darauf mit Champagner anstoßen.«

Ich werde … was? Klar wirst du das, er hat es dir ja in Aussicht gestellt. Aber wer hätte gedacht, dass es auch tatsächlich so kommen würde. Es schien einfach zu schön, um wahr zu sein!

Schmidt ging zu seiner Minibar, befüllte zwei Gläser mit Champagner und reichte Kaya eines davon. Dann prostete er ihr mit seinem Glas zu. »Was ist denn mit Ihnen los? Sie schauen ja so, als hätte ich Sie eben zur Partnerin ernannt.«

Kaum hatte Schmidt das ausgesprochen, lachte er laut, während sie ihn immer noch regungslos anstarrte. Jetzt verstand sie überhaupt nichts mehr. »Keine Sorge, Sie werden Partnerin. Mein Kommentar eben war nur ein Scherz. Wenn auch ein verdammt guter.« Bedeutungsvoll hielt er zwei, drei Sekunden inne. »Sie sollten mal Ihr Gesicht sehen – einfach göttlich.«

Kaya blinzelte verstört. Oh Mann, Schmidt und seine Scherze. Oder besser gesagt: Schmidt und seine schlechten Scherze.

»Ach, jetzt schauen Sie mich nicht so verdattert an. Aber ich kann natürlich verstehen, dass Sie Ihr Glück kaum fassen können. Immerhin ist diese Firma eine der führenden Unternehmensberatungen in ganz Europa. Eine Firma, die dank meines herausragenden Instinkts zu einer der Topadressen, wenn nicht sogar zu *der* Topadresse …« Und während er in seiner üblichen Selbstverliebtheit schwelgte, begriff sie, dass ihr lang ersehnter Traum soeben Wirklichkeit geworden war.

»Also, herzlichen Glückwunsch!«

Wie in Trance prostete Kaya ihm zu, unsicher, wie sie sich am besten verhalten und was sie als Nächstes tun sollte. Doch zum Glück waren ihre Möglichkeiten überschaubar.

Sie könnte entweder Schmidt darüber informieren, dass sie aus dem Anderson-Projekt aussteigen würde, und anschließend ihren Champagner auf ex trinken, oder zuerst ihren Champagner auf ex trinken und ihm direkt danach ihre Entscheidung mitteilen. Was besser wäre, wusste sie allerdings nicht. Obwohl es im Grunde egal war, denn beide Varianten führten zum selben Ergebnis.

Sie nahm einen großen Schluck von ihrem Champagner, holte tief Luft und sagte mit belegter Stimme: »Vielen Dank für Ihr Vertrauen. Allerdings habe ich Ihnen ebenfalls etwas mitzuteilen. Und ich möchte vorab klarstellen, dass meine Entscheidung feststeht.«

Schmidt blickte sie überrascht an. Wieder hob sich seine Augenbraue, doch diesmal war es die linke. »Jetzt sagen Sie schon, worauf Sie hinauswollen. Ich habe schließlich nicht ewig Zeit. In meiner Position kann man nämlich nicht den ganzen Tag mit seinen Mitarbeitern Wortspielchen spielen.«

Man konnte ihm ansehen, wie er von Sekunde zu Sekunde ungeduldiger wurde.

»Ich werde nicht mehr für *Anderson Communications* arbeiten.«

So, nun war es raus. Kaya kippte den restlichen Champagner hinunter, zählte innerlich bis drei und schaute Schmidt offen an. Und wartete. Doch es passierte nichts. Er schenkte sich stattdessen ein zweites Glas Champagner ein, nahm genüsslich einen großen Schluck davon und wirkte alles andere als verärgert.

»Von mir aus. Das Wesentliche steht ohnehin schon. Ich brauche Sie von nun an für andere Projekte. Bei *Berger* zum Beispiel läuft es gar nicht gut, seit ich Sie von dort abgezogen habe. Zudem werden Sie von mir noch andere Themen übernehmen, die Sie in Ihrer neuen Position als Partnerin begleiten werden. Und das werden einige sein, machen Sie sich schon mal darauf gefasst.«

Kaya konnte wieder nur verdattert schauen. Was passierte hier eigentlich? Sie teilte Schmidt mit, nicht mehr für Anderson zu arbeiten – ohne es vorher mit ihm abgestimmt zu haben –, und er rastete nicht aus. Nicht einmal um des Ausrastens willen.

»Gut, dann wäre ja alles geklärt. Sie können wieder gehen.«

Hm, und was jetzt?, überlegte sie, nachdem sie wieder an ihrem Platz saß. In Gedanken ging sie noch einmal jedes einzelne Wort ihres Gesprächs mit Schmidt durch, während sie wieder und wieder »Ich werde Partnerin!« vor sich hinmurmelte. Dann nahm sie einen Stift und ein Blatt Papier, in der Hoffnung, mithilfe von ein paar Notizen Ordnung in ihre Gedanken zu bringen:

> *1. Ich werde Partnerin.*
> *2. Ich muss nie wieder für Erik arbeiten.*
> *3. Ich darf Berger leiten und somit das zu Ende bringen, was ich angefangen habe.*
> *4. Ach ja, habe ich schon erwähnt, dass ich nie wieder für Erik arbeiten muss?*
> *(Ja, das hast du. Siehe Punkt Nummer 2.)*

Der Tag hat noch gar nicht richtig begonnen, und es ist schon so viel passiert, dachte sie und schaute fassungslos in den Raum. Dann fiel ihr Blick erneut auf ihren Zettel mit den vier Punkten vor sich:

1. Ich werde Partnerin. :-)

2. Ich muss nie wieder für Erik arbeiten. :-) :-) :-)
:-) :-)

3. Ich darf Berger *leiten und somit das zu Ende*
bringen, was ich angefangen habe.

4. Ach ja, habe ich schon erwähnt, dass ich nie
wieder für Erik arbeiten muss?

(Ja, das hast du. Siehe Punkt Nummer 2.)

Der Punkt, auf den sie die ganze Zeit starrte und hinter den sie inzwischen die meisten Smileys gesetzt hatte, war nicht die Partnerschaft bei *Schmidt & Partner Consulting*. Nein, es war Punkt Nummer zwei: Erik.

Seit ihrer Nachricht an ihn waren fast zwei Tage vergangen. Zweiundvierzig ein halb Stunden, um genau zu sein. Kaya wusste, mit jeder Stunde, die verstrich, sank die Wahrscheinlichkeit, dass er ihr antworten würde. Bei dem Gedanken daran zog sich ihr Magen zusammen.

Ganz sicher werde ich nichts mehr von ihm hören. Doch genauso sicher ist es, dass ich nicht für immer so traurig blei-ben werde, sagte sie sich aufmunternd, stand auf und ging zum Fenster. Ihr Blick war jetzt auf die Skyline Münchens gerichtet, doch mit ihren Gedanken war sie weit weg.

24

Aus dem Augenwinkel bemerkte sie, wie Marie auf ihren Schreibtisch zukam. Gerade noch rechtzeitig ließ Kaya den Zettel mit den vier Punkten unauffällig unter einem Stapel Papier verschwinden.

»Hey, du bist ja schon hier? Wolltest du nicht das Wochenende in London verbringen?«

»Hi Marie. Nein, ich habe zwar mit dem Gedanken gespielt, aber mich dann für die Berge entschieden. Vierundzwanzig-Stunden-Trip nach Tirol.«

»Wow, das nenn ich mal Spontaneität. Und wie war's in London? Hat alles geklappt mit deinem Vortrag?« Doch kaum hatte Marie diese Frage ausgesprochen, winkte sie auch schon ab. »Wobei ... Blöde Frage. Ganz sicher hat dabei alles geklappt. Erzähl mir lieber vom Savoy. Es muss ja ein Traum sein, dort zu übernachten. Allein die Aussicht auf die Themse, die man von dort aus hat ...«

Maries Worte ließen Kaya heftig zusammenzucken. Unvermittelt dachte sie daran, wie sie neben Erik gestanden hatte, während ihr Blick zu den Brücken Londons geschweift war. Wie sie ihm in die Augen gesehen hatte, die vor Verlangen dunkel geschimmert hatten. Und schließlich, wie er sie in seine Arme geschlossen, sie geküsst hatte. Dieses Bild hatte sich in ihr Gedächtnis eingebrannt.

Was willst du Marie jetzt antworten? Dass du in den Bergen warst, weil du ganz dringend Abstand von London brauchtest? Weil du in London mit deinem Ex geschlafen hast? Und dass, nebenbei bemerkt, dein Ex Erik Anderson ist? Na, herzlichen Glückwunsch aber auch!

»Das Savoy ist nett. Keine Frage. Nur hatte ich leider keine Zeit, es zu genießen«, presste Kaya schließlich hervor. Dann versuchte sie, von den Ereignissen des Wochenendes abzulenken. »Weißt du eigentlich, wann Ben ins Büro kommt? Ich muss dringend mit ihm sprechen.«

»Der ist schon da. Gerade im Meeting mit Anderson.«

Was? Erik war hier?! Kaya hielt die Luft an und ließ vor lauter Schreck ihren Stift fallen. Direkt vor Maries Füße.

Irritiert hob Marie den Stift auf und gab ihn ihr zurück.

»Alles okay mit dir? Du siehst völlig entsetzt aus. Beinahe so wie ...« Marie hielt inne. Dann musterte sie Kaya nachdenklich. Sie schien nach einem passenden Vergleich zu suchen.

Mit einem Mal war Kaya wie versteinert. Hoffentlich hatte Marie ihr seltsames Verhalten Erik gegenüber nicht bemerkt.

»Beinahe so wie auf dem letzten Sommerfest. Weißt du noch, als du mit dem Absatz deines neuen Prada-Schuhs zwischen den Pflastersteinen stecken geblieben bist?«, erinnerte sich Marie mit einem leichten Schmunzeln auf den Lippen. »Wobei ... Diesmal wirkst du nicht ganz so schockiert. Damals hattest du ja vor lauter Schreck sogar Tränen in den Augen.«

Im ersten Moment fiel Kaya ein Stein vom Herzen, denn Marie hatte die Verbindung zu Erik offenbar nicht hergestellt – *noch* nicht jedenfalls. Dann aber fiel ihr auf, wie stark sie am ganzen Körper zitterte.

»Ja, alles bestens«, log sie kleinlaut. Es war die Art von Lüge, wie man sie Leuten gegenüber äußerte, die etwas bemerkten, das ganz und gar zutraf. »Ich habe nur sehr schlecht geschlafen. Und dann der ganze Stress wegen London. Ich bin einfach platt. Wie du siehst, werden wir uns wohl einen starken Kaffee holen müssen. Und ich mir am besten gleich einen doppelten.« Kaya versuchte mit diesem halb scherzhaften Kommentar, ihren wahren Gemütszustand vor Marie zu vertuschen, auch wenn ihr in diesem Augenblick überhaupt nicht nach Scherzen zumute war. Schließlich könnte Erik jederzeit hier auftauchen. Oder auch nicht. Je nachdem, was schlimmer war.

»Super Idee!«, rief Marie entzückt, und sie machten sich direkt auf den Weg. »Übrigens, Daniel und Fabian kamen vorhin gemeinsam aus Schmidts Büro. Und sie waren beide schlecht drauf.«

»Wieso? Ich meine, wie kommst du darauf?«

»Na ja, Daniel meinte zu Fabian, Schmidt würde schon sehen, was er davon habe. Und dann sagte Fabian etwas in die Richtung, dass sie auf keinen Fall der Kollegin ihre genialen Ideen für *Berger* verraten würden.« Marie legte eine nachdenkliche Pause ein und fragte dann: »Hast du eine Ahnung, welche Kollegin damit gemeint sein könnte?«

Wen Fabian und Daniel damit meinten, wusste Kaya sehr wohl, nämlich sie. Nur wollte sie auf keinen Fall mit Marie darüber reden. Jedenfalls nicht jetzt. Denn dann müsste sie auch erwähnen, dass sie *Berger* von nun an als Partnerin betreute. Was wiederum dazu führen würde, dass Marie vor Freude in die Luft springen würde. Und nach Freudensprüngen war Kaya im Moment einfach nicht zumute.

»Ach, weißt du, wem auch immer sie ihre brillanten Ideen nicht verraten werden, diejenige wird es schon verkraften können.«

»Ja, da hast du auch wieder recht.«

»Sag mal, wie war eigentlich das Wochenende mit Ben?«

Marie grinste mit einem Mal wie ein Honigkuchenpferd. »Einfach nur schön. Und weißt du was? Ich glaube, ich bin verliebt. So richtig, meine ich.« Dann stockte sie und verzog nachdenklich das Gesicht. »Ich hoffe nur, dass keiner hier im Büro etwas bemerkt. Das Getratsche wäre mir schon sehr unangenehm.«

»Ich weiß, was du meinst.« *Und zwar besser, als du dir vorstellen kannst,* ergänzte Kaya in Gedanken. »Nur, irgendwann werden es die Leute sicher bemerken – was aber auch nicht schlimm ist. Es ist ja heute nichts Ungewöhnliches mehr, seinen Partner auf der Arbeit kennenzulernen«, versuchte sie, Maries Bedenken zu zerstreuen.

»Danke für deine aufmunternden Worte. Du bist wirklich ein Schatz. Und du hast ja auch vollkommen recht. Ich meine, es ist schließlich nicht so, dass ich was mit einem unserer Kunden hätte.«

Autsch! Diese Worte trafen Kaya bis ins Mark.

Den Rest des Vormittags war ihr vollkommen elend zumute. Der Gedanke, Erik in ihrem Zustand über den Weg zu laufen, war schier unerträglich. Denn sie hatte Angst. Angst davor, Reue oder gar Mitleid in seinen Augen zu sehen. Dann wiederum hoffte sie, ihm doch noch über den Weg zu laufen, und ertappte sich andauernd dabei, wie sie sich nach ihm umschaute.

Kaya dachte fieberhaft darüber nach, was sie am besten machen sollte, wenn er ihr begegnete. Und was, wenn nicht. *Hätte ich gewusst, dass er heute hier ist, hätte ich ihm dann die Nachricht überhaupt geschickt?,* überlegte sie, während sie sich zwang, ihren Blick auf den Monitor zu richten und nicht die ganze Zeit durch den Raum schweifen zu lassen.

Die Tatsache, dass Erik nicht auf ihre Nachricht geantwortet hatte, machte die Sache für sie nicht einfacher.

Gegen Nachmittag fühlte sie sich ausgebrannt. Sie hatte starke Kopfschmerzen, und ihre Konzentration war total im Keller.

Hm, Termine habe ich heute keine mehr, da kann ich genauso gut für den Rest des Tages von zu Hause aus arbeiten, überlegte sie und griff nach ihrer Handtasche.

Sie war schon auf dem Weg nach draußen, als ihr dummerweise Schmidt entgegenkam.

»Wo wollen Sie denn hin? Ich kann mich nicht erinnern, Ihnen mit der Partnerschaft auch einen Teilzeitvertrag inklusive eines Work-Life-Balance-Pakets oder ähnlichen Unsinn angeboten zu haben.«

Danke, du mich auch, dachte Kaya entnervt. Nach außen gab sie sich zum Glück etwas professioneller. »Ich würde heute gern von zu Hause aus weiterarbeiten. Kann ich denn noch etwas für Sie tun?«

»Na gut, dieses eine Mal will ich fünfe gerade sein lassen. Ich hoffe nur, Sie wissen meinen humanen Umgang mit meinen Mitarbeitern zu schätzen«, sagte er in einem fast schon gütigen Tonfall. Seine selbstverliebte Art machte sie wahnsinnig. Am liebsten hätte sie ihm entgegnet: *Herr Schmidt, bleiben Sie ruhig so, wie Sie sind, aber bitte woanders.* Doch natürlich konnte sie so etwas nicht bringen.

»Alle mal herhören!«, rief Schmidt plötzlich in den Raum hinein. »Ich habe etwas zu verkünden.«

Er wartete, bis auch der letzte Mitarbeiter sich um ihn versammelt hatte. Dann wurde es still, alle Augen waren jetzt auf den Oberboss gerichtet.

»Ich könnte jetzt eine lange Rede halten mit allem, was dazugehört. Aber wie Sie wissen, bin ich kein großer Freund von Reden, auch wenn ich sie stets perfekt zu halten weiß«, erklärte er knapp, und sein Blick wanderte zu Kaya.

»*Schmidt & Partner Consulting* hat seit heute einen neuen Partner. Um genau zu sein, ist es eine Partnerin.« Und wie aus dem Nichts reichte er ihr ein Glas Champagner. »Herzlichen Glückwunsch, Kaya.«

Sie nahm das Glas aus seiner Hand entgegen und stieß mit ihm an. Sie konnte nichts sagen, also nahm sie einen Schluck von ihrem Champagner.

Die ganze Situation war für sie schier unerträglich: Da waren Schmidt mit seinem breiten, selbstgefälligen Grinsen und dann all die vielen Menschen um sie herum, die applaudierten. Manche wirkten erfreut, andere wiederum neidisch und wenig begeistert. Ihr Blick wanderte hinüber zu Marie, die, wie Kaya erwartet hatte, enttäuscht wirkte. Sicher, weil sie diese Neuigkeit von Schmidt und nicht von Kaya persönlich erfahren hatte. Kayas Augen suchten in der Menschenmenge nach Ben. Für ihn galt bestimmt dasselbe, befürchtete sie. Inzwischen war ihr ein wenig mulmig zumute. Und tatsächlich, als sie ihn entdeckte, schaute sie in ein Gesicht, das zwischen Freude und Enttäuschung schwankte. Freudig enttäuscht sozusagen.

Aber er stand zum Glück allein da. Ohne Erik. Der war also schon gegangen. Und das, ohne bei ihr vorbeigeschaut zu haben. Ohne dass er …

»Sie sagen ja gar nichts.« Schmidts laute Stimme riss sie aus ihren Gedanken. »Hat es Ihnen etwa erneut die Sprache verschlagen? Ich verstehe das einfach nicht, Sie sind doch sonst nicht auf den Mund gefallen.«

Oh Mann, soll ich jetzt etwa wie beim Oscar allen der Reihe nach danken? Und allen voran Schmidt?, grübelte Kaya verzweifelt und spürte das erwartungsvolle Schweigen der Menge.

»Ja, um ehrlich zu sein, fehlen mir die Worte«, fing sie wahrheitsgemäß an, wurde aber sofort von Schmidt unterbrochen.

»Stellen Sie sich vor, das haben wir auch schon bemerkt. Probieren Sie es mal für den Anfang mit einem kleinen, dafür aber vollständigen Satz.«

Lautes Gelächter ging durch den Raum. Dieser Moment schien niemals enden zu wollen. Kaya, die nicht wusste, wie sie mit der Gesamtsituation umgehen sollte, hielt krampfhaft ihr Glas fest und schaute verlegen zu Boden.

»Kaya, herzlichen Glückwunsch auch von meiner Seite. Vielleicht gestatten Sie mir, an dieser Stelle ein paar Worte zu sagen.«

Kaya zuckte zusammen und blickte langsam auf. Dann entdeckte sie ihn. Sie hatte ihn vorhin nicht in der Menge gefunden. Doch er war da. Und er sah großartig aus in seinem dunkelblauen Anzug. Viel zu gut, wie sie fand.

»Herr Schmidt, ich befürworte Ihre Entscheidung voll und ganz«, sagte Erik, während seine Augen wachsam auf sie gerichtet blieben. »Kaya hat ein hervorragendes Konzept für mein Unternehmen erstellt. Vielen Dank, dass Sie meiner Bitte nachgekommen sind und sie für mein Projekt freigegeben haben.«

Hatte Erik etwa von Beginn an explizit nach ihr verlangt? Kaya konnte ihre Verblüffung nicht verbergen.

»Sie wollten unbedingt Kaya haben, und mir lag am Herzen, dass Sie meine besten Leute bekommen. Somit waren wir uns ja im Grunde von Anfang an einig. Das Einzige, was Kaya offensichtlich nicht beherrscht, sind Dankesreden«, meinte Schmidt sichtlich amüsiert und schaute in ihre Richtung. »Und, Kaya, wie schaut's aus? Haben Sie inzwischen Ihre Sprache wiedergefunden?«

Also doch, er hatte explizit nach ihr verlangt. Das erklärte im Nachhinein einiges, warf aber auch viele neue Fragen auf. *Aber egal, erst mal ein paar Worte sagen,* dachte sie und zwang sich, ihre Gedanken beiseitezuschieben. Erst mal.

»Ja, also ... vielen Dank.«

»Okay, das war jetzt ein kurzer vollständiger Satz, wenn auch nicht wirklich berauschend.« Schmidt prustete vor Lachen. »Bis zur offiziellen Feier legen Sie sich bitte eine Rede zurecht. Eine mit etwas mehr Text.«

Zu ihrer Erleichterung schien die Show an dieser Stelle beendet zu sein, denn Schmidt führte Erik nun in eine Ecke etwas abseits der Menge.

»Und, wie fühlt man sich so als Partnerin?«

Kaya zuckte zusammen und drehte sich um. Hinter ihr stand Marie.

»Warum hast du mir nichts davon erzählt?« In ihrer Stimme lag wie in ihrem Blick Freude. Und ein Vorwurf.

»Es tut mir leid. Heute ist einfach alles etwas blöd gelaufen.« Kaya war abgelenkt. Immer wieder schaute sie nervös in die Richtung, aus der sie den Blick eines grauen Augenpaares auf sich spürte. »Ich habe es auch erst heute in der Früh erfahren. Aber ich –«

»Moment mal – als wir heute Morgen Kaffee geholt haben, da hast du das alles schon gewusst und mir trotzdem nichts gesagt?!«

»Ja. Wie gesagt, es tut mir auch wirklich leid. Aber es war alles so surreal. Ich konnte es ja selbst kaum glauben«, erwiderte sie etwas hilflos und warf Marie einen reuevollen Blick zu.

»Okay, okay. Das Ganze kostet dich aber fünf Cappuccinos. Eigentlich wären es zehn, aber ich will ja nicht so sein«, scherzte Marie und nahm Kaya fest in die Arme. »Herzlichen Glückwunsch! Ich kenne niemanden, der es mehr verdient hätte als du.«

»Danke, du bist echt süß.« Kaya musste zum ersten Mal an diesem Tag aufrichtig lächeln. »Jetzt weiß ich gar nicht, was ich sagen soll«, meinte sie gerührt, nachdem Marie sich wieder von ihr gelöst hatte.

»Ja, also dann, auf deine Partnerschaft, meine Liebe!«

Marie wollte an ihrem Champagner nippen, doch sie trank nicht daraus. Stattdessen hielt sie abrupt inne und blickte überrascht zur Seite. Kaya musste gar nicht erst fragen, wer jetzt neben ihr stand. Ihr Körper hatte es ihr längst verraten: Ihre Knie wurden weich, ihr Puls raste. Ganz langsam drehte sie sich um.

»Hallo Herr Anderson. Wir hatten leider bisher noch nicht die Gelegenheit, uns persönlich kennenzulernen. Ich bin Marie Stein.« Marie lächelte Erik freundlich an und gab ihm zur Begrüßung die Hand.

Erik ergriff ihre Hand und lächelte charmant zurück. »Hallo Frau Stein. Freut mich, Sie kennenzulernen. Sie können übrigens gern Erik zu mir sagen.«

Marie würde sicher sehr bald seinem Charme erliegen, dachte Kaya grimmig und räusperte sich. Doch keiner der beiden reagierte darauf.

»Hatten Sie einen angenehmen Flug?«, wollte Marie von Erik wissen und lächelte ihn erneut strahlend an. Nein, ›erneut‹ war in diesem Fall das falsche Wort, ›immer noch‹ traf es besser. Kaya war überrascht, wie angeregt die beiden sich miteinander unterhielten. Sie hörte gar nicht richtig hin, aber es war nicht zu übersehen, dass sie sich gut verstanden. Marie lächelte jetzt über etwas, das Erik gesagt hatte, und antwortete ihm. Dann fingen beide an zu lachen.

Plötzlich konnte Kaya seine Nähe nicht mehr ertragen. Sie hielt es nicht aus, neben ihm zu stehen und genau zu wissen, dass er ihr nie gehören würde. Kaya holte tief Luft und strich sich eine Strähne aus dem Gesicht. Dann stellte sie ihr Glas ab und ging kommentarlos hinaus auf die Terrasse.

25

Kaya beobachtete die majestätische Glaskuppel des barocken Justizpalastes. Und die Fußgänger, die unbeschwert auf der geschäftigen Straße herumliefen, den Kopf voller Eindrücke oder Pläne für den Abend. Unter anderen Umständen hätte sie den schönen Blick von hier oben aus genossen, doch diesmal lehnte sie sich mit einem tiefen Seufzer an das Geländer aus Glas und sah auf ihre goldene Cartier-Armbanduhr. Zum gefühlt hundertsten Mal in den letzten zwei Stunden. Dabei wusste sie genau, wie spät es war. Gleich halb sechs. Sie hatte kaum eine Minute auf der Terrasse gestanden, da nahm sie von hinten Schritte wahr. Unsicher strich Kaya ihren Rock glatt und drehte sich um.

»Du gehst mir aus dem Weg«, sagte Erik gelassen. Er sah sie auf eine Art und Weise an, die sie verunsicherte.

»Nein, tue ich nicht. Ich brauchte nur etwas frische Luft.« Sie versuchte zu lächeln. Und scheiterte. Natürlich hatte er recht. Das wusste sie. Und das wusste auch er.

Sekundenlang starrten sie einander schweigend an. Es war so leise, dass sie fast ihren eigenen Herzschlag hören konnte. Nach all der Zeit wusste sie noch immer nicht, was dieser Mann wirklich dachte. Dafür war er viel zu undurchsichtig.

Er trat auf sie zu, und je weiter er sich Kaya näherte, desto mehr kribbelte es in ihrem Körper. In der einen Hand hielt er seine Aktentasche, als ob er direkt nach diesem Gespräch München und damit auch sie wieder verlassen würde.

Er rieb sich übers Kinn. »Ich möchte mit dir reden«, begann er mit ruhiger Stimme. »Ich nehme an, du kannst dir schon denken, worüber.«

»Ja«, antwortete sie knapp und unterdrückte das Zittern in ihrer Stimme.

»Kennst du einen Ort, wo wir uns ungestört unterhalten können? Es dauert auch nicht lange.« Erik blickte ihr dabei direkt in die Augen.

»Um ehrlich zu sein, finde ich diesen Ort hier genau richtig für ein kurzes Gespräch.« Und obwohl es das Letzte war, wonach ihr der Sinn stand, zwang sie sich, ihn anzulächeln.

»Ich sehe das ein bisschen anders. Aber okay. Dann reden wir eben hier oben.«

Kaya räusperte sich, dann fuhr sie in einem unverbindlichen Ton fort: »Gut, dann fang mal an. Was hast du mir denn so Wichtiges mitzuteilen?«

Er presste die Lippen zusammen und antwortete nicht sofort. Als müsste er erst nach den richtigen Worten suchen. »Was zwischen uns vorgefallen ist, tut mir sehr leid. Ich hätte mich einfach nicht so weit treiben lassen sollen, wenn du verstehst, was ich meine«, sagte er schließlich gedehnt und auf eine so distanzierte Art, dass es Kaya fröstelte. Es gab wohl kaum eine direktere, rigorosere Art, ihr klipp und klar zu verstehen zu geben, dass ihre gemeinsame Nacht ein Fehler gewesen war.

»Du brauchst kein schlechtes Gewissen zu haben«, entgegnete sie so leise, dass man die Enttäuschung in ihrer Stimme kaum hören konnte. »Das in London war schließlich auch meine Entscheidung.«

»Trotzdem war es nicht okay von mir, dir falsche Hoffnungen zu machen.«

Eine Faust schloss sich um ihr Herz, unbarmherzig und so fest, dass sie es zu zerdrücken drohte. Kaya wollte sagen, dass er ihr keine falschen Hoffnungen machen konnte, weil er ihr inzwischen so was von egal war, aber Erik kam ihr zuvor.

»Was schaust du mich so an? Hast du wirklich etwas anderes erwartet? Ich bin schließlich verlobt und möchte es auch weiterhin bleiben«, sagte er.

»Es ist ja nicht so, dass du …«, setzte sie an, aber weiter kam sie nicht. Sie schluckte schwer und spürte dabei, wie ihre Beine schwach wurden. Sie fürchtete, jeden Moment vor ihm zusammenzubrechen.

»Was wolltest du gerade sagen?«, hakte er nach und musterte sie forschend.

Kaya verzog das Gesicht. *Es ist mittlerweile über fünf Jahre her, dass er dein Freund war,* rief sie sich in Erinnerung. *Und du kannst ihn nicht zurückhaben. Er sollte dir völlig egal sein.*

Aber er war ihr nicht egal.

Um ihre Verletzlichkeit nicht preiszugeben, beschloss sie, auf eine Notlüge zurückzugreifen. »Ich kann dich sehr gut verstehen. Mir geht es ja mit meinem Freund nicht anders.«

»Du und dieser Patrick? Ihr seid also ein Paar?«

»Paul«, korrigierte Kaya ihn, »und ja, wir sind ein Paar. Wenn auch noch nicht so lange wie du und deine Freundin.«

»Verlobte.« Jetzt war es an ihm, sie zu korrigieren.

»Ja, meine ich doch.« Ihre Stimme klang selbst in ihren Ohren, als hätte er sie geohrfeigt. »Wie war noch mal ihr Name?«, wollte sie wissen, merkte aber sofort, was für eine dumme Frage das war. Innerlich betete sie, dass Erik ihr diese ganze alberne Show abkaufen würde.

»Anne.«

»Danke. Also, wenn auch noch nicht so lange wie du und Anne, aber ja, Paul und ich sind zusammen.«

Es kam ihr vor, als wäre er zwar überrascht, jedoch keinesfalls schockiert. *Aber warum sollte er auch schockiert sein?*, überlegte sie, während sie selbst sich immer elender fühlte.

»Und wie ist dieser Paul so?«

»Einfach toll, und ich bin auch richtig glücklich mit ihm«, log sie erneut und gab sich Mühe, ihn dabei anzulächeln.

»Du bist glücklich mit ihm?«, wiederholte Erik erstaunt.

Oh Mann, was denkst du dir eigentlich!? Dass es für mich kein Leben nach dir geben kann?!, hätte sie ihm am liebsten direkt ins Gesicht geschleudert. Aber sie wusste ja selbst am besten, dass es genauso war.

»Wie du siehst, musst du dir um mich keine Sorgen machen«, sagte sie daher stattdessen und ließ es betont gleichgültig klingen.

»Okay, dann bin ich ja beruhigt. Auch wenn ich ...«, begann er, hielt dann aber plötzlich inne. Er schien zu entscheiden, diesen Satz nicht zu beenden. Was auch immer es war, das er hatte sagen wollen, sie würde es wohl nie erfahren.

Am liebsten hätte Kaya das Gespräch an dieser Stelle beendet, aber es gab noch eine Sache, die sie unbedingt wissen musste.

»Es gab genügend Berater, die für deinen Auftrag geeignet gewesen wären. Manche davon sicher auch geeigneter als ich. Und dennoch hast du bei Schmidt gezielt nach mir verlangt. Warum?«

Erik rieb seine Wange. Er wirkte beinahe verunsichert. Fast so, als würde er die Antwort auf ihre Frage selbst nicht kennen. »Ich will ehrlich zu dir sein. In erster Linie, weil du eine sehr gute Strategin bist.« Dann hielt er wieder kurz inne. »Vielleicht wollte ich mich aber auch aus dieser

Überlegenheit heraus an dir rächen wegen der Sache mit Jonas. Und mir selbst beweisen, dass ich inzwischen über dich hinweg bin.« Er räusperte sich. Dann sagte er mit gefährlich ausdrucksloser Stimme: »Ich weiß, das mag für dich seltsam klingen, aber ich denke, diese drei Punkte kommen der Wahrheit wohl am nächsten.«

Als sie die Bedeutung seiner Worte begriff, drehte sich ihr der Magen um. Eine Weile blickte sie ins Leere, dann verzog sie den Mund zu einem zynischen Lächeln. »Glückwunsch, die Rache ist dir ja wunderbar gelungen. Immerhin hat dein Auftrag mich zur Partnerin gemacht. Und deinen Beweis, dass du inzwischen über mich hinweg bist, hast du auch. Schließlich hast du deine Verlobte mit mir betrogen.«

Erik schwieg, blickte zu Boden. Kaya konnte sehen, wie seine Hand sich fester um den Griff seines Aktenkoffers schloss. Es dauerte einen Moment, dann sah er wieder zu ihr hoch. Alle Freundlichkeit war aus seinem Gesicht gewichen.

Kaya schaute ihm tief in die Augen. »Glaubst du eigentlich nach alldem immer noch Jonas mehr als mir?« Es fiel ihr schwer, seinem Blick standzuhalten, aber irgendwie schaffte sie es. Sogar ein Lächeln brachte sie zustande, wenn auch schwach und traurig.

Er sagte nichts, sah sie nur an. Aber er musste auch nichts sagen, die Antwort auf ihre Frage konnte sie in seinem Gesicht ablesen.

»Wie dem auch sei, Erik, das alles spielt ohnehin keine Rolle mehr. Lass es uns einfach dabei belassen.« Ausdruckslos starrte sie ihn an, spürte die Tränen, die in ihren Augen glänzen mussten, konnte aber auch ihr Lächeln aufrechterhalten. Unwillkürlich schlang sie die Arme um sich, beinahe so, als ob sie sich selbst trösten wollte. Als Erik immer noch nichts sagte, wandte sie sich von ihm ab und ließ ihren Blick über die Alpen schweifen. Die Luft war klar, der Himmel blau und die Berge schienen zum Greifen nah.

»Vermutlich hast du recht, wir sollten es dabei belassen«, meinte er schließlich.

Kaya guckte verstohlen aus dem Augenwinkel zu ihm hinüber. Auch er blickte jetzt sehnsüchtig in die Ferne. Sie entdeckte ein Lächeln auf seinem Gesicht und ein Grübchen auf seiner Wange. Was er wohl gerade dachte? Aber sie fragte nicht nach.

»Die Berge strahlen etwas Anmutiges aus, nicht wahr?«

Ja, das tun sie, hätte sie ihm gern geantwortet, doch sie konnte kein Wort hervorbringen. Also nickte sie, auch um den Eindruck zu erwecken, innerlich gefasst zu sein. Doch in Wahrheit war sie das nicht. Denn wie Erik so dastand, erinnerte er sie schmerzlich an die Zeiten, als sie die Wochenenden gemeinsam in einsamen Berghütten verbracht hatten. An Nächte, in denen sie eng umschlungen eingeschlafen waren, nur um nach dem Aufwachen sofort wieder wie zwei frisch verliebte Teenager übereinander herzufallen.

»Ich hatte ganz vergessen, wie schön München ist. Es hat gutgetan, wieder hier zu sein.« Er zögerte kurz. »Und es war wirklich schön, dich wiederzusehen.«

Für den Bruchteil einer Sekunde meinte sie Wehmut in seinen Augen zu sehen. Als ob auch er all das fühlte, was sie einander bedeutet hatten – ihre Liebe, die Enttäuschung, den Schmerz. Doch schon hatte sich sein Blick wieder verschlossen. Hatte sie sich das vielleicht nur eingebildet?

Eine ganze Weile standen sie schweigend nebeneinander, dann voreinander. Im Nachhinein wusste sie nicht, wer sich zuerst vorbeugte. Sie oder doch er? Möglicherweise bewegten sie sich auch gleichzeitig. Seine Fingerspitzen streiften ihre Wange. Aber ihre Lippen berührten sich diesmal nicht. Dann räusperte er sich, und im selben Moment wusste sie, was er sagen würde.

»Okay, ich muss los. Mein Flug geht in zwei Stunden. Leb wohl, Kaya. Und pass gut auf dich auf.«

Unwillkürlich blickte sie zu Boden. Es fiel ihr schwer, diesen Mann anzusehen, der jeden Moment für immer aus ihrem Leben verschwinden würde. Im Grunde wollte sie nicht, dass er ging. Als sie endlich wieder hochsah, hoffte sie, dass nichts davon in ihrem Gesicht zu lesen war.

»Tja, das war's dann wohl«, wisperte sie. Und während sie sich innerlich im freien Fall befand, verriet ihr ein Blick in Eriks Augen, dass er absolut gefasst war. Sie wünschte sich so sehr, sagen zu können, dass er ihr fehlen würde. Aber sie hatte nicht den Mut dazu.

»Ich wünsche dir auch alles Gute«, erwiderte sie stattdessen knapp und schloss die Augen. Ihre Stimme klang seltsam unbeteiligt, als spräche sie über das Wetter. Für eine Millisekunde traten all ihre Gefühle für diesen Mann, die sie soeben noch zu überwältigen gedroht hatten, in den Hintergrund. Langsam öffnete sie die Augen wieder und blinzelte. Sie nahm sich vor, tapfer zu sein. Die Tränen zumindest noch so lange zurückzuhalten, bis er weg war.

»Erik, eine Bitte hätte ich noch.«

»Ja?« Seine Augen waren dunkel und unergründlich.

»Verlang nicht noch einmal nach mir.«

Er schwieg, schien noch einen Moment mit sich zu ringen. Sie fing kurz seinen unschlüssigen Blick auf, blinzelte heftig und schaute weg. Als sie fünf Sekunden später erneut hinsah, war er verschwunden.

Wie vor den Kopf gestoßen stand Kaya da, starrte die Stelle, an der er bis eben gestanden hatte, noch ein, zwei Minuten lang an und schaute dann ins Leere. Sie spürte immer noch seine Finger auf ihrer Wange, dort wo er sie berührt hatte.

Stumm schüttelte sie den Kopf und vergrub das Gesicht in ihren Händen. Sie fühlte sich völlig schutzlos. So, als ob für sie die ganze Welt zusammengebrochen war. Ein weiteres Mal.

Sie wollte schreien, doch sie durfte nicht. Sie wollte lachen, doch sie konnte nicht. Und da erst merkte sie, dass sie weinte. Haltlos wie ein kleines Kind. Alles um sie herum verschwamm.

Während Tränen der Verzweiflung ununterbrochen aus ihr strömten, fischte sie in ihrer Handtasche nach einem Taschentuch. Und nach ihrer Sonnenbrille. Sie wollte schließlich nicht, dass man ihre verheulten Augen bemerkte.

Manchmal ist das Leben schon merkwürdig, dachte sie. *Man gewinnt fast schon so etwas wie Routine, wenn man die Person, die man liebt, ein weiteres, wahrscheinlich letztes Mal aus seinem Leben gehen sieht. Aber der Schmerz, den man dabei empfindet, wird nicht weniger.*

Hatte Erik vergessen, was sie beide miteinander gehabt hatten? Offenbar schon. Wie sonst ließ sich erklären, dass er ihre Nachricht nicht einmal erwähnt hatte? Nicht einmal kurz. Noch immer zog er nicht einmal in Betracht, ihr statt Jonas zu glauben.

Kaya holte tief Luft und seufzte. *Es ist wohl eine Tatsache, dass man im Leben Menschen begegnet, die man nie wieder vergisst, während es ihnen nicht einmal schwerfällt. Das muss man einfach akzeptieren,* dachte sie schicksalsergeben und ließ ein letztes Mal ihren traurigen, aber entschlossenen Blick über die Alpen schweifen. Immerhin wusste sie jetzt, was Sache war. Das Kapitel Erik Anderson hatte sich diesmal endgültig für sie erlegt. Und das war gut so.

26

Sieben Monate später

»Sag mal, wo bleibst du bloß? Wenn du nicht bald kommst, fangen wir ohne dich an.« Lou stand an der Tür zu der kleinen Küche und warf ihr einen ungeduldigen Blick zu.

»Das könnt ihr doch nicht wirklich bringen, oder? Das wäre ja so, wie die Kerzen auf dem Geburtstagskuchen auszublasen ohne das Geburtstagskind. Oder noch besser: wie Hugo ohne Minze – ein absolutes No-Go!« Spielerisch verdrehte Kaya die Augen, fügte dann aber mit einem kapitulierenden Lächeln auf den Lippen hinzu: »Okay, okay, schon verstanden, ihr könnt das bringen.«

Lou machte keine leeren Drohungen. Im Gegenteil, sie wusste genau, was sie wollte, und zog es auch durch. Kaya hätte zum Beispiel nie gedacht, dass Lou die Sache mit Maybe so konsequent beenden würde, aber sie hatte es tatsächlich getan. Eines Abends hatte Maybe Lou zum Essen eingeladen. Und als er beim Abschied wieder einmal panisch die Flucht ergreifen wollte, hatte Lou ihn kurzerhand am Arm festgehalten und ihm direkt ins Gesicht gesagt: »Das, was du willst, ist nicht das, was ich will. Und das, was ich will, ist nicht das, was du willst. Die Sache mit uns beiden hat sich für mich hiermit erledigt.«

Maybe war gar nicht imstande gewesen, irgendetwas zu erwidern. Wie ein kleiner Junge hatte er einfach nur hilflos vor Lou gestanden, sein Gesicht gezeichnet vom Schock, den ihre Worte in ihm ausgelöst hatten. Die Trauer in seinen Augen hatte Lou das Herz gebrochen, aber sie wusste inzwischen auch, wie er tickte: Sobald sie sich wieder mehr von der Sache mit ihm erhoffte, würde Maybe aufgrund ihrer Erwartungen an ihn sofort Distanz zu ihr suchen. Somit würde das Spiel von vorn beginnen und sie irgendwann daran zerbrechen. Das wollte sie nicht mitmachen.

Jener besagte Abend war inzwischen sechs Monate her. Die ersten Wochen danach war Lou noch sehr geknickt gewesen, aber dann war es ihr von Tag zu Tag ein bisschen besser gegangen. Und irgendwann war sie wie ausgewechselt: Man sah ihr an, wie gut es ihr tat, all das Negative und Ungewisse hinter sich gelassen zu haben. Ihre Haut war wieder rosig und frisch, die Schatten unter ihren Augen verschwunden, und die goldblonden Strähnen in ihrem Haar waren der Inbegriff von Weiblichkeit.

Kaya konnte sich noch gut an den einen Nachmittag in Andalusien erinnern, als Lou am Strand zu ihr gesagt hatte: »Weißt du was? Du hattest einfach recht. Maybe erwidert meine Gefühle mit Sicherheit, und der empfundene Verlust ist für ihn bestimmt groß. Aber seine Angst, verletzt zu werden, ist nun mal größer. Und gegen diese Angst komme ich einfach nicht an. Dagegen kommt wahrscheinlich niemand an.«

Damit hatte Lou ihr enorm imponiert. Einfach bewundernswert, wie sie das alles hinbekommen hatte. Und sie war in dieser für sie schwierigen Zeit sogar Kaya noch eine wichtige Stütze gewesen. Die beiden hatten gerade die Gärten des Alcázar in Sevilla besucht, einen mittelalterlichen Königspalast, als Kaya plötzlich die Bombe hatte platzen lassen: »Ich habe in London mit Erik geschlafen.«

»Nein! Sag, dass das nicht wahr ist!«, hatte Lou daraufhin empört gerufen.

»Doch, es ist wahr. Und ich kann dir gar nicht sagen, wie schön es gewesen ist.«

Dann hatte Lou ihr eindringlich in die Augen geschaut und mit Nachdruck entgegnet: »Das mag schon sein, aber er ist jetzt wieder aus deinem Leben verschwunden, und du bist ein einziges Wrack.«

Kaya hatte ihr nicht widersprochen. Da gab es schließlich nichts zu widersprechen. Jedes einzelne Wort, das Lou gesagt hatte, war richtig.

»Ich werde seinetwegen nicht lange traurig sein, versprochen. Und ich wünsche mir auch nichts sehnlicher als mein altes, geregeltes Leben zurück. Aber im Moment bin ich einfach noch nicht so weit.«

Daraufhin war Lous Blick weicher geworden, sie hatte ihren Arm um Kayas Schultern gelegt und sie tröstend an sich gezogen.

»Erde an Kaya, bist du da?!« Lous Stimme holte sie schlagartig zurück in die Gegenwart.

»Hey, nicht so schnell«, protestierte Kaya.

»Meine Güte! Bis du mal so weit bist, ist der Prosecco schon längst warm«, entgegnete Lou mit einem schiefen Grinsen.

Als Kaya die kleine Terrasse betrat, schaute sie hinauf in den blauen Himmel. Die schwachen Sonnenstrahlen kündigten bereits den Frühling an. Dann fiel ihr Blick in die Runde. Hier waren sie, die Menschen, die ihr wichtig waren: Lou, Ben und Marie.

»Da bist du ja endlich. Wir haben schon befürchtet, ohne dich anfangen zu müssen. Wobei ... Das hätten wir sicher nicht gemacht. Schließlich will ich um keinen Preis deine Rede verpassen. Und sag bitte nicht, es wird wieder einmal keine geben«, zog Ben sie auf und zwinkerte ihr zu.

Unwillkürlich musste Kaya lachen. »Du möchtest eine Rede von mir hören?«

»Exakt, eine mit etwas mehr Text bitte. Aber nicht falsch verstehen: Das sollte jetzt keine dumme Anspielung auf irgendeinen Vorfall in der Vergangenheit sein. Ihr kennt mich ja, das ist nicht meine Art.«

Plötzlich brachen Marie und Ben in lautes Lachen aus, während Kaya mit gespieltem Entsetzen im Gesicht Lou über diesen Insider aufklärte, sodass dann auch die in das Gelächter einstimmte.

»Na, dann will ich dich mal nicht enttäuschen, Ben. Also, ich freue mich riesig, dass ihr alle gekommen seid, um mit mir gemeinsam meinen Schritt in die Selbstständigkeit zu feiern. Die letzten Wochen waren hart für mich, nicht selten war ich kurz davor, aufzugeben. Aber dann habt ihr mir wieder und immer wieder Mut zugesprochen. Dafür möchte ich mich bei euch allen bedanken.« Kaya hatte jetzt ein strahlendes Lächeln auf den Lippen, und ihre Wangen glühten.

Ihr Blick wanderte zu Marie, in deren Gesicht sie Stolz und Anerkennung sehen konnte. »Marie, ich weiß noch, wie ich dir mal am Telefon erzählt habe, wie erschöpft ich vom Streichen meines Büros hier war. Und kurze Zeit später hast du dann mit einer megagroßen Pizza vor mir gestanden.« Bei der Erinnerung daran verschlug es Kaya für einen Moment die Sprache, bevor sie gerührt fortfahren konnte: »Noch nie haben mir Rucola und Parmaschinken besser geschmeckt als an jenem Tag mit dir.«

»Ach, das war doch selbstverständlich! Ich kann ja meine Freundin schlecht verhungern lassen, oder?«

Kaya lachte kurz auf und betrachtete anschließend Ben.

»Ich muss oft daran denken, wie ich nach dem ersten Gespräch mit der Bank total enttäuscht vor dir stand und du mich ermuntert hast, weiterzumachen. ›Du darfst jetzt nicht aufgeben, hörst du? Die Kunst im Leben ist es, einmal mehr aufzustehen, als man umgeworfen wird‹, hast du mir damals ganz weise geraten. Rückblickend muss ich sagen, du hattest einfach recht.«

»Tja, ich habe eben immer recht«, sagte Ben mit einem angeberischen Grinsen, woraufhin Kaya lachend mit den Augen rollte.

»Ich würde dir jetzt gern recht geben, nur hätten wir ja dann beide unrecht.« Dann wandte sie sich Lou zu. »Und Lou, dir danke ich dafür, dass ich meinen großen Traum verwirklichen konnte. Die Chance, zusammen mit dir dieses Unternehmen zu gründen, übertrifft einfach alles, was ich mir bisher erhofft habe.«

»Ich hab zu danken, denn ich weiß genau, was ich an dir habe«, erwiderte Lou mit einem warmen Lächeln.

Eine angenehme Stille entstand im Raum, die Marie als Erste brach: »Du fehlst uns. Und Kaffeeholen ohne dich ist einfach nicht das Gleiche. Aber ich freue mich natürlich auch sehr für dich. Und wer weiß, vielleicht steigen Ben und ich eines Tages auch bei euch ein. Wenn ich mich hier so umschaue, könnte ich es mir sogar sehr gut vorstellen.« Marie warf einen Blick durch die Glastür hinein in den Raum. Da war die große Fensterfront, die die Aussicht über Münchens Dächer freigab und den ganzen Innenbereich mit Tageslicht flutete. Und da war der Stuck an den hohen Wänden, der dem Raum ein charmantes Flair und eine unverwechselbare Eleganz verlieh. In Kombination mit den edlen weißen Möbeln und dem Schreibtisch aus dunklem Massivholz wirkte Kayas Büro schön und zeitlos zugleich.

»Wenn Schmidt das alles hier sehen könnte, würde er deine Entscheidung womöglich sogar nachvollziehen können.

Oder gar bei euch einsteigen wollen«, scherzte Ben, und Kaya musste bei der Erinnerung an Schmidt kurz schmunzeln.

»Du meinst, er würde mich nicht mehr für unzurechnungsfähig halten?«

Das Gespräch, bei dem sie ihm ihre Kündigung überreicht hatte, war so bizarr gewesen, dass sie bei der Erinnerung daran unwillkürlich den Kopf schütteln musste. Schmidt hatte die Kündigung damals mit einem Stirnrunzeln in die Hand genommen und durchgelesen. Dabei hatte er sich in seinem Stuhl zurückgelehnt, sich mit der freien Hand ein-, zweimal über den Kopf gestrichen und dabei so geschaut, als verstünde er die Welt nicht mehr.

»Was soll ich damit?«

»Zur Kenntnis nehmen«, hatte Kaya ihm geantwortet und schnell hinzugefügt: »Ich möchte mich bei Ihnen für das mir entgegengebrachte Vertrauen in den letzten Jahren bedanken. Sie haben mir die Möglichkeit gegeben, im Rahmen toller Projekte wertvolle Erfahrungen zu sammeln. Ich kann Ihnen gar nicht sagen, wie dankbar ich Ihnen dafür bin. Doch jetzt möchte ich den Sprung in die Selbstständigkeit wagen.«

Schmidt hatte daraufhin seinen Stift auf den Schreibtisch gelegt und eine Weile geschwiegen. Man konnte dabei zusehen, wie sein Gesicht von Sekunde zu Sekunde immer länger wurde.

»Das soll eine Kündigung sein?!« Seine Stimme hatte so geklungen, als würde er jeden Moment vor Wut platzen.

»Nein.« Kaya hatte gestockt, dann tief Luft geholt. »Das *soll* keine Kündigung sein. Das *ist* eine Kündigung.«

Als Nächstes hatte er seinen Stift wieder in die Hand genommen und ihn lose zwischen den Fingern gehalten.

»Jetzt hören Sie mir mal gut zu. Jemand, der eine Partnerschaft in meinem Unternehmen ausschlägt, ist nicht zurechnungsfähig. Und eine Kündigung von jemandem, der nicht zurechnungsfähig ist, ist nach geltendem Recht nichtig. Das sollte Ihnen hoffentlich trotz Ihrer momentanen geistigen Verfassung klar sein«, hatte er verkündet. Seinem Tonfall nach zu urteilen war das Thema für ihn damit erledigt gewesen.

Kaya hatte ihn ratlos angestarrt, als er das Dokument zerrissen und demonstrativ in den Mülleimer geworfen hatte.

»So, und nun gehen Sie wieder zurück in Ihr Büro. Ich habe zu arbeiten, und soweit ich weiß, Sie auch.«

Schmidt hatte dermaßen wütend ausgesehen, dass sie sich entschieden hatte, die Sache besser dabei zu belassen. Zurück in ihrem Büro hatte sie die Kündigung einfach neu geschrieben und umgehend bei der Personalabteilung abgegeben. Entschlossen und traurig zugleich hatte sie dann das Büro verlassen. *Und damit gehört* Schmidt & Partner Consulting *von nun an der Vergangenheit an*, hatte Kaya beim Rausgehen wehmütig gedacht. Doch zugleich hatte auch die Trauer langsam nachgelassen und sich ein Gefühl der Vorfreude in ihr ausgebreitet. Alles hatte schließlich seine Zeit, und ihre bei *Schmidt & Partner Consulting* war hiermit vorbei.

Wie von weither hörte Kaya jetzt Bens Stimme: »Übrigens, erst vor Kurzem wollte Schmidt von mir wissen, ob ich noch Kontakt zu dir hätte und wie es dir so gehe. Ich glaube, er vermisst dich auch. Vor allem deine Art, ihm Kontra zu geben, wird ihm sicher fehlen. Außer dir hat es bisher kaum einer gewagt, ihm offen und ehrlich die Meinung zu sagen. Ganz zu schweigen davon, ihm mal zu widersprechen.«

»Kann gut sein, dass ich ihm fehle. Das würde auch erklären, warum er mich gebeten hat, als externe Beraterin ein neues Projekt für ihn zu leiten«, erzählte sie und wartete gespannt auf Bens Reaktion.

»Sag bloß, er hat dich für das Digitalisierungsprojekt engagiert? Das wäre ja mal richtig cool! Ich bin da nämlich auch dabei!«, rief er begeistert.

Kaya nickte und lächelte ihn an.

Ich weiß, dass du dabei bist, dachte sie im Stillen, *ich habe schließlich deine Teilnahme zur Bedingung für meine Zusage gemacht.*

»Oh, das klingt ja super!«, meinte Marie überglücklich. »Ich erwarte dich dann zu Besprechungen bei uns im Büro. Besprechungen, bei denen du davor und danach einen Kaffee mit mir holst.«

»Abgemacht«, gelobte Kaya hoch und heilig und lächelte Marie liebevoll an.

Darauf stießen sie alle noch einmal feierlich an und verbrachten anschließend einen tollen Abend miteinander. Es war schon weit nach Mitternacht, als Marie, Ben und Lou nach Hause gingen. Kaya stand noch eine ganze Weile auf der Terrasse ihres Büros. Die Stadtgeräusche stiegen in die Nachtluft auf, Straßenlaternen glitzerten, und die Theatinerkirche mit ihren beiden Türmen und der prunkvollen Kuppel leuchtete spektakulär inmitten der lichterblitzenden Dunkelheit Münchens.

27

Noch halb verschlafen und mit einer großen Tasse Kaffee in der Hand warf Kaya einen Blick in ihren Terminkalender:

Vierzehn Uhr Williams!

Ihre Laune war sofort im Keller. Die Firma Williams war ein Parfümhersteller, der sich bisher auf Frauendüfte spezialisiert hatte. Nun sollte das Sortiment um eine neue Zielgruppe erweitert werden: die der erfolgreichen Männer.

Das Problem an diesem Auftrag war der Geschäftsführer selbst, Marc Williams. Er war gleich in mehrfacher Hinsicht anstrengend. Hatte er sich zum Beispiel einmal etwas in den Kopf gesetzt, ließ er sich kaum wieder davon abbringen. So absurd das Ganze auch sein mochte. Zudem überschritt er gern mal die Grenze zwischen beruflich und privat. Sein Interesse an Kaya als Frau hatte er von der allerersten Sekunde an gezeigt. Und das Bizarre daran war: Je deutlicher sie Williams zurückwies, desto mehr fühlte er sich angespornt, sie zu erobern. Das ging sogar so weit, dass Kaya am liebsten von diesem Projekt abgesprungen wäre. Doch um die Startphase zu überstehen, brauchte sie jeden Auftrag. Das war nun mal der Preis der Selbstständigkeit.

An Tagen, an denen sie sich mit ihm treffen musste, wählte sie ihr Outfit daher immer sehr bedacht aus, frei nach dem Motto: Über Geschmack lässt sich bekanntlich streiten, über zu viel Vintage hingegen nicht.

Heute entschied sie sich für ein Kleid in einem faden Rotton mit einem schwarzen, hochgeschlossenen Rüschenkragen. Es endete gut zwanzig Zentimeter unter dem Knie. In Kombination mit der grünen Strumpfhose mit Karomuster und dem Chignon im Haar sah sie aus, als hätte sie einen Auftritt bei *Verstehen Sie KEINEN Spaß*.

Vor Williams' Tür atmete sie einmal tief ein und klopfte dann an. Auch diesmal nicht ohne ein flaues Gefühl im Magen. Als sie sein brummiges »Herein!« hörte, öffnete sie die Tür. Und da stand er, direkt vor ihr. Und war so unattraktiv wie eh und je: hundert Kilo auf einen Meter siebzig, gefühlte zwanzig Haare auf dem Kopf und dieser unerträglich lüsterne Blick, den er jedes Mal aufsetzte, sobald er sie entdeckte.

»Wow! Sie sehen bezaubernd aus! Und dieses Kleid, einfach umwerfend!«

Kaya bekam große Augen. Dieses Kleid war ... was?!

»Verstehen Sie mich bitte nicht falsch, bei unserem letzten Treffen sahen Sie in der Bluse mit den grünen und braunen Bären auch wunderschön aus. Und so sexy. Aber Ihr Kleid heute toppt das bei Weitem.«

Ohne auf Williams' Komplimente einzugehen, nahm sie an seinem Besprechungstisch Platz und holte ihre Unterlagen heraus. Dabei blinzelte sie verstört. Wie konnte das sein? Selbst der sechzigjährige Taxifahrer hatte sie vorhin die ganze Zeit völlig perplex im Rückspiegel angestarrt, und dabei war in seinem Blick von Begeisterung keine Spur gewesen.

»Möchten Sie einen Kaffee und dazu ein Cremetörtchen mit Kirsche? Sie wissen ja, von mir bekommt eine schöne

Frau alles«, fügte Williams mit einem selbstgefälligen Lächeln hinzu, das ein weiteres unverwechselbares Erkennungsmerkmal von ihm preisgab: die riesige Lücke zwischen seinen Schneidezähnen.

»Danke, aber ein Glas Wasser genügt mir vollkommen«, sagte Kaya höflich und beobachtete irritiert, wie er plötzlich enttäuscht den Kopf schüttelte. Seine zwanzig Haare wehten von rechts nach links und wieder zurück.

»Kaya, Sie sind ein Buch mit sieben Siegeln. Aber Sie haben Glück, ich liebe die Herausforderung. Deswegen bin ich auch so erfolgreich. Sie wissen ja, inzwischen gehören mir neun Parfümerien in fünf Städten.«

Kaya stöhnte innerlich und nickte. »Ja, ich weiß. Und um Sie noch erfolgreicher zu machen, habe ich mir Folgendes für Sie überlegt: Ihre Firma beteiligt sich als Sponsor an dem kommenden Shopping-Weekend in München. Das gibt uns die exklusive Möglichkeit, über die gesamte Fußgängerzone hinweg Werbeflyer zu verteilen, auf denen Ihre neuen Duftkreationen abgebildet sind. Damit könnten wir auf einer –«

»Halt! Stopp! Wir brauchen auch Duftproben. Ich nehme an, daran haben Sie nicht gedacht«, fiel er ihr harsch ins Wort und nahm dabei diese besserwisserische Haltung ein, die sie jedes Mal in den Wahnsinn trieb.

Kaya holte tief Luft, zählte innerlich bis drei und erwiderte dann, wenn auch möglicherweise eine Spur unhöflich: »Ich habe schon daran gedacht. Und ich habe auch einen Vorschlag für den Slogan der Duftproben: *Sinnliche Momente – so einzigartig wie Sie.*«

Kaya sah ihn gespannt an, wartete auf seine Reaktion. Doch er ließ sich Zeit. Viel Zeit. Irgendwann begann er dann, langsam zu nicken.

»Ja, das könnte funktionieren. Aber man müsste das Ganze noch aufpeppen – mit einem Bild von mir. Das soll die

Sinnlichkeit, die ich als Mann verkörpere, in das Ganze einfließen lassen.«

Oh Gott, bitte nicht! Wenn jemand nicht sinnlich war, dann er. Langsam, aber entschieden schüttelte sie den Kopf, woraufhin Williams empört kreischte: »Was schütteln Sie so den Kopf?«

»Ich halte das für keine gute Idee, weil wir so den Charme aus dem Ganzen herausnehmen würden«, presste sie vage hervor, um Zeit zu schinden.

»Wieso Charme? Hier geht es um Sinnlichkeit. Nicht um Charme.« Man merkte ihm deutlich an, wie sehr ihm ihr Einwand missfiel.

Kaya stöhnte innerlich erneut, während sie äußerlich gefasst und in einem diplomatischen Ton erklärte: »Ihr Bild und die damit einhergehende Sinnlichkeit würde ich lieber zu einem späteren Zeitpunkt in die Kampagne einbauen. Als i-Tüpfelchen sozusagen.«

»Befürchten Sie etwa, mein Foto auf dem Flyer würde den gesamten Werbetext in den Schatten stellen?«

Das hatte sie zwar nicht gemeint, aber im Grunde lief es auf dasselbe hinaus. Also nickte sie.

»Also gut, einverstanden.«

Erleichtert hakte sie diesen Punkt in ihren Notizen ab und nach und nach auch alle weiteren. Nach etwas über zwei Stunden war sie dann beim letzten Punkt ihrer Agenda angelangt. »Was das Eventmanagement anbelangt, meine Partnerin Lou Roberts könnte das für Sie übernehmen. Sie ist eine Koryphäe auf diesem Gebiet. Ich habe von ihr bereits einen ersten Konzeptentwurf erstellen lassen. Wir könnten ihn gemeinsam durchgehen, wenn Sie wollen.«

»Sehr gern. Nur habe ich jetzt schon den nächsten Termin. Aber Samstagabend passt mir gut.« Ohne ihre Antwort abzuwarten, fuhr er entschlossen fort: »Ich lasse Sie dann um zwanzig Uhr von einem Taxi abholen.«

»Ehrlich gesagt, ein Tag unter der Woche wäre mir lieber.« Es fiel ihr schwer, Ruhe zu bewahren.

»Müssen wir auf den Samstagabend etwa erst noch hinarbeiten?« Nach einer theatralischen Pause lenkte er schließlich ein. »Gut, dann eben Donnerstag. Aber merken Sie sich eins: Ich bin kein Mann, der schnell aufgibt.« Williams zwinkerte ihr zu. Dann stand er auf, holte sich ein Glas und füllte es mit Whiskey. Bis obenhin. »Wollen Sie auch einen?«

Kaya musste nicht lange überlegen. Sie wollte keinen Whiskey. Sie wollte nur noch eins: schnellstmöglich von hier verschwinden. »Nein, vielen Dank, Herr Williams.«

»Für Sie doch Marc«, betonte er bedeutungsvoll, zeichnete mit seinem Daumen das Muster auf seinem Glas nach und nahm anschließend einen großen Schluck.

»Okay, Marc.« Sie räusperte sich und reichte ihm höflich die Hand. »Ich denke, ich gehe jetzt besser. So können Sie sich in Ruhe auf Ihren nächsten Termin vorbereiten.« Konnte man weniger enthusiastisch klingen als sie in diesem Augenblick? Wohl kaum.

»Wir sehen uns ja dann am Donnerstag zum Dinner. Und machen Sie sich bitte keine Gedanken wegen Ihrer Kleidung. Sie haben einen guten Stil. Er passt perfekt zum Ambiente des Restaurants, das mir für uns beide vorschwebt.«

Was für ein Restaurant sollte das sein? Die einzige Location, zu der dieses Outfit passen würde, wäre ein Teppichladen. Mit einem Ruck riss sie ihre Hand aus seiner, wobei sie ein leichtes Taumeln nach hinten nicht verhindern konnte. Zum Glück in Richtung Tür, sodass sie in der nächsten Sekunde schon aus Williams' Büro hinausstolpern konnte.

28

Tiefe, dunkle Wolken hingen schon am Himmel, aber Kaya wollte dennoch zu Fuß ins Büro gehen. Etwas Bewegung und frische Luft würden ihr jetzt guttun.

Also lief sie durch die Innenstadt, vorbei an edlen Einkaufspassagen und vielen noblen Geschäften mit riesigen Schaufenstern. An einem Obststand kaufte sie sich eine Schale frischer Erdbeeren und ging dann in den Hofgarten. Dort führte ein schmaler Kiesweg zu einem runden Pavillon, aus dem sanfte Celloklänge zu hören waren.

Kaya hatte sich gerade auf eine etwas abgelegene Bank gesetzt, um ein bisschen abzuschalten, als sie ein paar Meter weiter die Boulespieler entdeckte.

Sie schaute weg, versuchte, an etwas anderes zu denken, doch wie hypnotisiert kehrte ihr Blick zu den Spielern zurück. Die Zeit stand plötzlich still. Vor ihrem inneren Auge tauchte Eriks Gesicht auf. Sie hatte länger nicht mehr an ihn gedacht. Und sie wollte auch nicht mehr an ihn denken. In diesem Moment fühlte sie jedoch eine tiefe Sehnsucht nach ihm. Kurz und doch intensiv. Schwermütig schloss sie die Augen.

Es gibt Menschen, sinnierte sie, *die füreinander geschaffen sind und das große Glück haben, einander zu begegnen. So wie Ben und Marie. Dann gibt es Menschen, die begegnen dem vielleicht richtigen Partner zum falschen Zeitpunkt, sodass der sich nicht auf sie einlassen kann. So wie Paul und ich. Andere mögen zwar jemanden innig lieben, ihre eigene Angst lässt es aber nicht zu, diese Liebe auszuleben. So wie Maybe. Wieder andere erkennen die eigenen ungesunden Verhaltensmuster und schaffen es auch, sie zu durchbrechen. Das ermöglicht ihnen, einen definitiven Schlussstrich unter etwas zu setzen, das ihnen nicht guttut. So wie Lou.*

Einigen Menschen aber gelingt dieser definitive Schlussstrich nicht. Sie sind dann auch nicht offen für Neues. Ob ich zu denen gehöre? Ich weiß es nicht. Vermutlich schon. Hinzu kommt, dass ich in meinem Leben bei für mich wichtigen Dingen nun mal keine Kompromisse mache. Wenn der Preis dafür ist, dass ich allein bleibe, so muss ich diesen Preis eben bezahlen. Sollte ich mich also nie wieder auf etwas Neues einlassen können, wäre das für mich okay.

Irgendwie wird es schon werden, dachte Kaya wehmütig und öffnete wieder die Augen. *Ein Leben mit Erik kann ich nicht haben, nicht jetzt und auch nicht irgendwann später. So viel steht fest. Aber ich kann mein eigenes Leben ändern. Ich kann wieder anfangen, es zu leben.*

Spontan griff sie nach ihrem Handy und buchte sich einen Aufenthalt in einem Chalet in den Bergen mit einem atemberaubenden Blick auf die Alpen und einem gemütlichen Kamin, um sich so wenigstens an einem schönen Ort einsam zu fühlen. Und im Winter würde sie einen Skikurs belegen, um jederzeit, wann immer sie sich nach Ruhe sehnte, auf einsamen Pisten Ski fahren zu können.

Ja, diesen Kurs werde ich machen, sagte sie sich gedankenversunken und griff nach der Schale, um sich eine Erdbeere herauszunehmen. In diesem Moment bemerkte sie die Widmung auf der Bank, auf der sie saß.

Ach ja, die gibt es auch noch: Menschen, die Liebe erst gestehen können, wenn es schon zu spät ist.

Kurz danach schob sich eine dicke graue Wolkenwand vor die Sonne, und Kaya erschauderte. Ein paar Minuten später fing es an zu regnen. Sie stand auf und wischte sich den einen oder anderen Regentropfen aus den Augen. Zumindest redete Kaya sich ein, dass es Regentropfen waren. Dann machte sie sich auf den Weg und erreichte kurze Zeit später völlig durchnässt ihr Büro.

In der Küche traf sie auf Lou, die gerade dabei war, sich einen Tee zu kochen.

»O weh, wie siehst du denn aus? Total durchnässt und völlig durchgefroren.«

»Ich weiß, ich muss einen tollen Anblick abgeben.« Kaya zog ihren nassen Mantel aus und fügte mit einem Schmunzeln hinzu: »Aber alles halb so schlimm.«

»Komm, du musst sofort etwas Heißes zu dir nehmen«, beschloss Lou und reichte Kaya ihre eigene Tasse Tee.

»Vielen Dank, du bist wirklich ein Schatz.« Kaya strich sich ein paar nasse Strähnen aus dem Gesicht, die sich inzwischen aus dem Chignon gelöst hatten. In diesem Moment bemerkte Lou ihr skurriles Outfit, und ein fragender Ausdruck machte sich in ihrem Gesicht breit. Nein, er war nicht fragend, sondern entsetzt.

»Mein Lieblingskunde Marc Williams«, beantwortete sie
die unausgesprochene Frage ihrer Freundin.

»Oh, stimmt, du warst ja bei ihm. Und, hat er dich diesmal
auch wieder angemacht?«

»Natürlich.«

»Glaub mir, ich weiß, wie du dich fühlst. Als Frau hat
man es in unserem Job wirklich nicht leicht.«

»Oh ja. Es ist ein ständiger Kampf. Ich meine, bei Schmidt
ging meine ganze Energie dafür drauf, dass er meine Leistung überhaupt wahrnimmt, und jetzt investiere ich in Vintage, um Typen wie Williams auf Abstand zu halten.«

Lou betrachtete amüsiert ihr Kleid. An dem Rüschenkragen blieb ihr Blick hängen. »Meinst du nicht, du übertreibst
ein bisschen?«

»Nein, glaub mir, ich übertreibe kein bisschen«, antwortete Kaya mit fester Überzeugung in der Stimme und befreite
ihr langes Haar aus dem Chignon.

»Erstaunlich, dass du keine Hornbrille dazu trägst. Nächstes Mal musst du unbedingt auch daran denken.«

»Du meinst so eine Nerd-Brille?«

»Ja, genau so eine. Wenn Williams dann meint, du würdest ohne Brille besser aussehen, sagst du: ›Sie sehen auch
besser aus, wenn ich keine Brille trage.‹«

Sie mussten beide lachen.

»Kaya, weißt du eigentlich, wie spät es ist?«

Sie blickte auf ihre Uhr. »Zwanzig vor sieben. Warum?«

»Was, schon?!«, rief Lou hastig und sprang auf. »Mein
Yogakurs! Ich muss los.«

»Dann will ich dich mal nicht aufhalten. Viel Spaß beim
Tiefenentspannen«, meinte Kaya mit einem breiten Grinsen
im Gesicht und stand ebenfalls auf, um in ihr Büro zu gehen.

Sie hatte gerade angefangen, in ein paar Unterlagen zu
lesen, als es plötzlich an der Tür klingelte. *Typisch Lou, jetzt
hat sie schon wieder ihren Schlüssel vergessen,* dachte Kaya

mit einem nachsichtigen Lächeln, drückte auf den Türöffner und setzte sich wieder zurück an ihren Tisch. Als sie die Schritte im Flur hörte, sagte sie sanft und ohne dabei den Blick von ihren Unterlagen zu heben: »Weißt du, langsam frage ich mich ernsthaft, was du nur ohne mich machen würdest.«

»Ob du es glaubst oder nicht, aber genau das habe ich mich in den letzten Monaten auch gefragt.«

Kaya zuckte beim Klang der tiefen Stimme zusammen. Und ihre Hände zitterten, und zwar so stark, dass ihr der Stift aus den Fingern fiel.

29

»Ein Wetter ist das draußen. Ich hatte schon ganz vergessen, dass es in München derart schütten kann.«

Wie versteinert betrachtete Kaya den Mann vor sich. Sie hörte seine Stimme, hörte, was er sagte. Aber sie konnte ihn nicht verstehen. Ihr Kopf war komplett leer.

Erik zog seinen nassen Mantel aus und legte ihn zusammen mit einem Bilderkarton auf ihren Schreibtisch. Dann fuhr er sich durchs Haar, während er sie mit einem gewinnenden Lächeln ansah. »Du hast dich inzwischen also selbstständig gemacht?« Er ließ seinen Blick anerkennend über den gesamten Raum schweifen. Dann schaute er wieder Kaya an. »Interessantes Outfit übrigens.«

Oh nein, das Kleid! Kaya wäre am liebsten im Erdboden versunken.

»Kann ich einen Kaffee haben?«, wollte Erik wissen, während er weiterhin amüsiert ihre Aufmachung musterte.

»Schwarz?«, fragte sie, als sie endlich ihre Sprache wiedergefunden hatte.

»Ja, bitte.«

Mit zitternden Beinen ging sie in die Küche, dankbar, einen Augenblick für sich zu haben.

Er ist hier. Er ist wirklich hier, sagte sie sich immer wieder, ohne es verinnerlichen zu können.

Ein paar Minuten später überreichte sie ihm wortlos die Kaffeetasse.

»Danke. Den kann ich jetzt gut gebrauchen. Der Kaffee im Flugzeug vorhin war ungenießbar.«

Sein Gesichtsausdruck war so faszinierend wie immer, aber sie zwang sich, unbeeindruckt zu wirken.

»Kannst du mir bitte verraten, was du hier willst? Einen besseren Kaffee als im Flieger hättest du auch woanders in München bekommen können.« Ihre Stimme klang schroff, ohne dass sie es wollte.

Erik schien kurz in Gedanken versunken. Dann gab er knapp zurück: »Anne und ich haben uns getrennt.«

Kaum hatte Kaya die Bedeutung seiner Worte verstanden, schlug ihr Herzschneller. Doch schon im nächsten Augenblick zwang sie sich wieder zur Vernunft. Seine Trennung von Anne hatte sicher nichts mit ihr zu tun. Nicht einmal annähernd.

»Wenn du mit jemandem über das Scheitern deiner Beziehung sprechen möchtest, bin ich dafür definitiv die Falsche.« Noch während sie das sagte, fiel ihr auf, wie unfreundlich auch das klang.

»Nein.« Erik legte unschlüssig seine Hand in den Nacken. »Deswegen bin ich nicht hergekommen.« Dann zögerte er, als wäre er sich nicht ganz sicher, ob er weiterreden wollte. »Jedenfalls nicht direkt. Das Thema Anne hat sich für mich ein für alle Mal erledigt.«

»Das tut mir leid für dich«, sagte Kaya nun etwas freundlicher und stellte fest, dass sie das auch wirklich so meinte. Auch wenn er sein Leben nicht mit ihr teilen wollte, wünschte sie ihm dennoch, dass er glücklich wurde. »Die Zeit danach war bestimmt nicht einfach für dich.« Ihre Stimme klang seltsam ruhig.

»Am Anfang war es in der Tat nicht einfach. Aber mittlerweile ist alles wieder gut«, erklärte er vage. Es entstand eine kurze Pause, und als sie nichts erwiderte, fuhr Erik fort: »Und inzwischen hat auch Anne eingesehen, dass die Trennung das einzig Richtige war, zumal wir beide miteinander nicht glücklich geworden wären.«

Wieder verstummte er, doch diesmal konnte Kaya die Pause nicht einfach so abwarten.

»Um ehrlich zu sein, verstehe ich noch immer nicht, warum du hier bist. Wie gesagt, wenn du einen Freund zum Reden brauchst, dann bist du bei mir nicht richtig.«

Erik rieb sich übers Gesicht und sah sie dabei unschlüssig an.

»Dass du und ich keine Freunde sein können, das weiß ich selbst.« Die Anspannung in seiner Stimme war nun deutlich zu hören.

»Und warum bist du dann hier?«

»Weißt du, als ich nach der Nacht mit dir Anne wiedergesehen habe, wurde mir klar, dass ...« Er zögerte. »... dass ich nur dich will. Ich konnte nur noch an dich denken. Also habe ich mich von Anne getrennt. Und dann habe ich mit Jonas gesprochen.«

»Du hast was?«, wiederholte sie ungläubig und blickte ihm in die Augen.

»Und ich weiß jetzt auch, dass ich dir damals unrecht getan habe.« Erik wirkte mit einem Mal nachdenklich. »Heute wünsche ich mir, ich hätte mir auch deine Version der Geschichte angehört. Immerhin warst du die Frau, mit der ich mein Leben verbringen wollte.«

Fassungslos starrte Kaya ihn an und hatte plötzlich das dringende Bedürfnis, ihre Arme zu verschränken, als könnte sie sich damit vor ihm abschirmen. Unterdessen wurde das Schweigen zwischen ihnen immer länger, immer erdrückender. Und weil sie nicht wusste, wie sie auf sein Geständnis reagieren sollte, trat sie zur Balkontür und schaute hinaus.

»Warum erzählst du mir das alles?«

»Im M.U.N.I.C.H. ging es mir mehr oder weniger nur ums Geschäft: Schmidt bestätigte mich darin, dass du seine beste Strategin warst, also wollte ich ausschließlich dich für meine Expansionspläne haben«, erzählte Erik weiter, als hätte er ihre Frage gar nicht gehört. »Doch als ich dich zusammen mit diesem Paul sah, wurde ich auf einmal so wütend. Und eifersüchtig. Und diese Eifersucht trieb mich so sehr in den Wahnsinn, dass ich keinen klaren Gedanken mehr fassen konnte. Das ging sogar so weit, dass ich im Savoy mit dir geschlafen habe. Und das, obwohl ich zu dem Zeitpunkt verlobt war.«

Savoy – die Erinnerung daran machte etwas mit ihr. Ihr Herz zog sich zusammen. »Hast du eigentlich eine Vorstellung davon, wie es für mich war, am Morgen aufzuwachen und feststellen zu müssen, dass du gegangen warst?«, platzte sie wütend heraus. Ihre Stimme wurde mit jedem Wort lauter. »Du hast dich davongeschlichen. Einfach so. Und alles, was du dazu zu sagen hattest, waren zwei oder drei kurze Sätze auf einem beschissenen Stück Papier!«

»Ich weiß«, antwortete er leise. »Ich bin in dieser Nacht vor mir selbst geflohen. Besser gesagt, vor meinen Gefühlen für dich.« Er holte tief Luft, dann lächelte er schwach. »Glaub mir, wenn ich die Zeit zurückdrehen könnte, würde ich es anders machen. Aber das kann ich nicht.«

Kaya öffnete die Balkontür. Die Wolken hingen tief, und der Regen hämmerte draußen auf die Steinfliesen. Kühler Wind wehte ihr ins Gesicht.

»Kaya, ich vermisse dich. Ich vermisse dich so sehr. Und auch das, was wir beide miteinander hatten. Ich weiß, du hast dir ein Leben ohne mich aufgebaut, hast einen Freund, eine neue Beziehung mit diesem Paul. Aber wir, du und ich, das ist etwas Besonderes. Meinst du, wir könnten noch einmal ganz von vorn anfangen?«

Ein paar Sekunden stand sie einfach nur da, mit verschränkten Armen und dem Rücken zu ihm. Ihre Gedanken rasten.

Ist er nur deswegen hier, weil Jonas endlich gestanden hat? Weil er ihm glaubt, und nicht, weil er mir glaubt?

Sie vertraute ihrem eigenen Urteilsvermögen nicht mehr genügend, um den Mann in ihrem Büro richtig einschätzen zu können. Dann hörte sie sich wie von Weitem ihre belegte Stimme: »Wenn ein Glas einmal zerbrochen ist, kann man es wieder zusammenkleben, dieses Glas wird aber nie wieder ganz sein.« Sie schluckte. »Du und ich, das war einmal etwas ganz Besonderes für mich. Doch dann ging es kaputt. Wie ein Glas, das auf den Boden fällt und in tausend Scherben zerspringt. Und egal wie sehr wir das, was wir miteinander hatten, wiederhaben wollen, es geht nicht. So leid es mir auch tut.« Kaya hätte sich gern zu ihm umgedreht, um ihn anzusehen. Doch dann hätte er ihre feuchten Augen bemerkt. »Ich glaube, du gehst jetzt besser.«

Schlagartig herrschte eine aufgeladene Stille im Raum. Ein paar Sekunden später hörte sie, wie Erik sich von ihr entfernte. Vorsichtig drehte sie sich in seine Richtung, beobachtete, wie er zu ihrem Schreibtisch ging und dann mit dem Bilderpaket zu ihr zurückkehrte.

»In Ordnung.« Er nickte kaum merklich. Seine Stimme klang ratlos. »Aber bevor ich gehe, möchte ich dir noch das hier geben.«

Erstaunt blickte sie zu ihm auf. Sie wollte fragen, was das war, aber ihre Stimme versagte. Mit zitternden Händen nahm sie das Paket entgegen.

»Also dann, mach's gut, Kaya.«

Ein letztes Mal sah sie ihm in die Augen. Dann blickte sie zur Seite. Kurze Zeit darauf hörte sie die Tür ins Schloss fallen. Erik war gegangen.

30

Ein paar Sekunden lang starrte sie geistesabwesend zur Tür. Dann fiel ihr Blick auf das Paket, das sie die ganze Zeit in ihren Händen gehalten hatte.

Erik Anderson, wenn du denkst, du kannst hier einfach mit einem beschissenen Geschenk auftauchen und mein Leben erneut auf den Kopf stellen, dann täuschst du dich aber gewaltig!

Wutentbrannt legte Kaya das Paket auf ihren Schreibtisch zurück und starrte hinaus in den Regen, der inzwischen wieder stärker wurde. Eine Minute verging. Dann noch eine. Und noch eine. *Alles ist in bester Ordnung,* versuchte sie sich einzureden. Aber das war es natürlich nicht, denn ihr Blut war heiß und ihr Kopf voll. *Erik gehen zu lassen, ist die richtige Entscheidung gewesen,* sagte sie sich. *Die einzig richtige.* Aber mit jeder Sekunde, die verstrich, glaubte sie es immer weniger. Wie mechanisch ging sie schließlich zu ihrem Schreibtisch zurück und öffnete das Paket mit einer Schere.

Eine Weile stand sie da und atmete bewusst langsam ein und aus, denn das, was nun zum Vorschein gekommen war, schnürte ihr die Luft ab. Sie blickte auf die massiven Blöcke der *Waterloo Bridge,* eingetaucht in den mysteriösen Mantel des schillernden Nebels. Hinter der Brücke waren qualmende Schornsteine zu sehen, die aber keineswegs einen bedrohlichen Eindruck machten. Im Gegenteil, sie wirkten fröhlich und optimistisch durch die Masse an hellblauen und blassvioletten Farbtupfern. Es war der Blick aus ihrem Fenster im Savoy, wie Monet ihn vor über hundert Jahren auf die Leinwand gebannt hatte. Der Blick, den sie in jener Nacht mit Erik geteilt hatte.

Auf einmal sah Kaya Eriks graue Augen wieder vor sich, sah, wie sie vor Verlangen dunkel schimmerten. Und in diesem Moment wollte sie nichts lieber als ihn. Und das, was sie beide miteinander gehabt hatten.

Hastig griff sie nach ihrem Schlüssel und rannte hinaus. Mit etwas Glück würde sie ihn vielleicht noch einholen können. Doch wo genau sollte sie nach ihm suchen? Kaya hielt kurz inne, um durchzuatmen. Dann rannte sie weiter in den Englischen Garten und versuchte, ihr Gedankenkarussell zu verlangsamen. Die Wolkendecke, die zuvor schon bedrückend gewesen war, hatte inzwischen eine bedrohliche Schwärze angenommen, und der kalte Regen prasselte hart auf sie herab. Aber sie nahm es gar nicht wahr.

Plötzlich erkannte sie ein paar Meter vor sich eine große Gestalt mit breiten Schultern. Je mehr sie sich ihr näherte, desto sicherer war sie: Es war Erik.

»Erik, warte!«, rief sie laut und rang dabei nach Luft.

Er blieb stehen und drehte sich zu ihr um. »Kaya?«

»Das Bild von Monet, weißt du, das ist unglaublich schön. Vielen Dank«, sagte sie atemlos und mit einem leichten Zittern in der Stimme.

Sein Blick wirkte leer, ausdruckslos. Beinahe so, als würde er lieber weitergehen wollen.

»Ich bin übrigens nicht mit Paul zusammen«, sie stockte, »und ich war es auch nie.« Sie hielt inne. Die Spannung zwischen ihnen war mit Händen zu greifen. »Ich habe es zwar versucht, aber ich konnte es nicht – wegen dir.«

So, nun war es raus. Und während Erik sich mit der Antwort Zeit ließ, als wäre er sich gar nicht sicher, ob er darauf etwas erwidern sollte, raste Kayas Herz wie verrückt. Sie hatte schreckliche Angst vor dem, was er sagen könnte. Oder nicht sagen könnte. Je nachdem, was schlimmer war. Nervös fuhr sie sich mit der Hand durchs Haar, während er noch immer schwieg.

»Ach, vergiss, was ich gesagt habe«, murmelte sie schließlich. »Ich rede nur Unsinn.« Sie spürte die Tränen in ihren Augen und wandte sich hastig von ihm ab. »Mach's gut, Erik.« Ihre Stimme brach.

Mit einem Mal fühlte sie seine Hand auf ihrem Arm. Fühlte, wie diese sie langsam, aber bestimmt zu ihm zurückdrehte. Als sein Blick auf ihren traf, blieb ihr Herz fast stehen. Es war, als könnte er in diesem Moment einfach alles in ihren Augen lesen: ihre Verletzlichkeit, ihre Enttäuschung, ihre Angst.

Sie schwiegen eine Weile, sahen sich nur an.

»Warum hast du das mit Paul dann behauptet?«, wollte er schließlich sanft wissen.

»Weil ich so unglaublich verletzt war, als du meintest, du würdest die Nacht in London mit mir bereuen.«

»Oh Mann! Was für ein Idiot ich doch war.« Erik schüttelte den Kopf. »Und dann war da ja auch noch die Sache mit deiner Nachricht. Ich wollte dir darauf antworten, nur wusste ich nicht, was. Also ließ ich es ganz bleiben. Ich dachte, das macht die Sache leichter.«

Eine Weile sahen sie einander an, und es kam ihr vor, als würde sie in diesen grauen Augen versinken.

»Es hat so lange gedauert, bis ich endlich kapiert hatte, dass ich an allem schuld war und nicht du.« Erik verzog den Mund zu einem schwer zu deutenden Lächeln. »Aber wenn wir schon dabei sind, hätte ich auch etwas zu gestehen.« Er schaute ihr tief in die Augen und räusperte sich, bevor er fünf quälende Sekunden lang schwieg. »Ich weiß inzwischen, dass ich mich nicht noch einmal in dich verlieben kann.«

Kaya verschlug es den Atem. Hatte er nicht gerade erst gesagt, er hätte noch Gefühle für sie? Tja, offensichtlich nicht. Beinahe wollte sie lachen, aber es war nicht lustig. Nicht einmal ein bisschen. »Erik, stopp!«, sagte sie mit seltsam ruhiger Stimme, während sie sich mit ihren zitternden Händen den Regen aus dem Gesicht wischte. »Ich kann nicht mit anhören, dass du Gefühle für mich hast, aber eben nur freundschaftliche. Ich weiß, das ist nett gemeint, aber ich möchte es trotzdem nicht hören.«

Er suchte ihren Blick, schaute ihr tief in die Augen. Und er lächelte. Irgendetwas würde passieren. Sie spürte es genau. Sie wusste nur nicht, was.

Er hob seine Hand und berührte sanft ihren Nacken. »Hey, schau mich an«, sagte er leise zu ihr. »Wie kann ich mich denn noch einmal in dich verlieben, wenn ich doch nie aufgehört habe, dich zu lieben?«

Kaya wusste nicht mehr, wie ihr geschah.

»Ich habe mich im allerersten Augenblick unserer Begegnung in dich verliebt, und an meinen Gefühlen für dich hat sich bis heute nichts geändert. Nur wollte ich Idiot es mir lange Zeit nicht eingestehen. Bis zu jener Nacht im Savoy, denn danach konnte ich es einfach nicht länger leugnen.« Er klang ganz ruhig. Aber sie fühlte das Zittern seiner Finger an ihrer Wange. »Und dann habe ich noch eine halbe Ewigkeit damit verbracht, darüber zu grübeln, ob du dich wegen mir von deinem Freund trennen würdest.«

Für einen Moment schwiegen sie beide. Schließlich war es Kaya, die mit einem unsicheren Lächeln das Schweigen brach. »Weißt du, manchmal lief ich an jemandem vorbei, der genauso roch wie du. Dann musste ich immer an dich denken. Und daran, wie glücklich ich mit dir war.« Sie blinzelte ihre Tränen weg. »Andauernd habe ich gegen meine Gefühle für dich angekämpft, obwohl ich keine Chance hatte, einen Sieg davonzutragen. Und vorhin, als ich auf Monets *Waterloo Bridge* blickte, habe ich genau gespürt, dass ich diesen Kampf nicht länger führen will.«

Kaya lächelte und spürte, dass ihre Augen dabei strahlten. Und er lächelte zurück. Dann zog er sie ein Stück näher an sich heran, als ob er sie so vor dem strömenden Regen beschützen wollte.

»Ich habe in jener Nacht in London erlebt, mit welcher Begeisterung du von Monets Bild gesprochen hast. Und bald danach habe ich dieses Bild für dich gekauft.« Ein paar Sekunden schwieg er, dann sprach er wie zu sich selbst: »Ich hoffte wohl, Monet würde mir das zurückgeben, was mir einst van Gogh genommen hat. Nämlich dich.«

Aufgeregt lächelte Kaya jetzt zu ihm hoch. Ihre Lippen waren nur noch einen winzigen Hauch von seinen entfernt. Als er eine Hand auf ihren Rücken legte und mit der anderen ein paar nasse Strähnen aus ihrem Gesicht wischte, hielt sie die Luft an.

»Und das Snoopy-T-Shirt? Hast du es noch?«

»Ja, ich konnte mich einfach nicht davon trennen.« Sie zuckte mit den Schultern. »Es erinnert mich an dich. Und an das, was wir beide miteinander hatten.«

»Ich habe dieses T-Shirt an dir geliebt«, sagte Erik mit einem strahlenden Lächeln. Und während er ihr jetzt noch näherkam, umhüllte er sie mit all seiner Wärme.

Kaya seufzte leise auf, vergaß alles um sich herum. In diesem Moment gab es nur ihn. Und sie konnte sich, wenn sie ganz ehrlich war, nichts Schöneres vorstellen.

»Erik, wieso sagt mir mein Gefühl, dass du mich jeden Moment küssen wirst?« Und kaum hatte sie diese Worte ausgesprochen, senkte er auch schon seine Lippen auf ihre und küsste sie. Überglücklich schlang sie ihre Arme um ihn und erwiderte seinen Kuss voller Hingabe.

»Kaya?« Seine Stimme klang rau und dabei doch sanft.

»Hm?«

»London oder München?«

»Wir leben natürlich in München«, antwortete Kaya mit einem kessen Augenzwinkern, während sie mit ihrer Hand sanft über seine Brust strich.

»Okay, aber nur unter einer Bedingung.«

»Und die wäre?«

»Ich muss wissen, was es mit diesem Kleid auf sich hat.«

»Jetzt sofort?« Kaya grinste über das ganze Gesicht.

Erik streckte den Arm und berührte liebevoll ihre Wange. »Nein, später. Viel später.«

Dann zog er sie wieder an sich, um sie leidenschaftlich zu küssen.

Epilog

Ab und an, wenn auch ganz selten, gibt es Menschen, die ihre große Liebe einst verloren haben, ihr aber erneut begegnen – und so das Glück wiederfinden.

So wie Kaya und Erik.

Über die Autorin

Katina Doru ist in Griechenland und Deutschland aufgewachsen und studierte Wirtschaftswissenschaften an der Universität Mannheim.

Sie lebt heute in München, der Stadt, in der Tradition und Gemütlichkeit auf das quirlige Treiben einer Großstadt treffen.

Wie die Hauptfigur in diesem Buch, liebt Katina nicht nur den Trubel der Stadt, sondern auch die Idylle der Natur.

»Champagner auf Ex« ist ihre erste Verlagsveröffentlichung und spielt im glamourösen Business zwischen zwei Metropolen – München und London.